Kafka
Das Urteil
und andere Prcsa

Franz Kafka
Das Urteil
und andere Prosa

Herausgegeben von
Michael Müller

Philipp Reclam jun. Stuttgart

Zur Textgestalt siehe Seite 89 ff.
Erläuterungen und Dokumente zu Kafkas *Urteil* liegen
unter Nr. 16001 in Reclams Universal-Bibliothek vor.

Universal-Bibliothek Nr. 9677
Alle Rechte vorbehalten
© 1995 Philipp Reclam jun. GmbH & Co., Stuttgart
Gesamtherstellung: Reclam, Ditzingen. Printed in Germany 2003
RECLAM und UNIVERSAL-BIBLIOTHEK sind eingetragene Marken
der Philipp Reclam jun. GmbH & Co., Stuttgart
ISBN 3-15-009677-4

www.reclam.de

Inhalt

Gespräch mit dem Beter

Es gab eine Zeit, in der ich Tag um Tag in eine Kirche ging, denn ein Mädchen, in das ich mich verliebt hatte, betete dort knieend eine halbe Stunde am Abend, unterdessen ich sie in Ruhe betrachten konnte.

Als einmal das Mädchen nicht gekommen war und ich unwillig auf die Betenden blickte, fiel mir ein junger Mensch auf, der sich mit seiner ganzen mageren Gestalt auf den Boden geworfen hatte. Von Zeit zu Zeit packte er mit der ganzen Kraft seines Körpers seinen Schädel und schmetterte ihn seufzend in seine Handflächen, die auf den Steinen auflagen.

In der Kirche waren nur einige alte Weiber, die oft ihr eingewickeltes Köpfchen mit seitlicher Neigung drehten, um nach dem Betenden hinzusehn. Diese Aufmerksamkeit schien ihn glücklich zu machen, denn vor jedem seiner frommen Ausbrüche ließ er seine Augen umgehn, ob die zuschauenden Leute zahlreich wären. Ich fand das ungebührlich und beschloß ihn anzureden, wenn er aus der Kirche ginge, und ihn auszufragen, warum er in dieser Weise bete. Ja, ich war ärgerlich, weil mein Mädchen nicht gekommen war.

Aber erst nach einer Stunde stand er auf, schlug ein ganz sorgfältiges Kreuz und ging stoßweise zum Becken. Ich stellte mich auf dem Wege zwischen Becken und Türe auf und wußte, daß ich ihn nicht ohne Erklärung durchlassen würde. Ich verzerrte meinen Mund, wie ich es immer als Vorbereitung tue, wenn ich mit Bestimmtheit reden will. Ich trat mit dem rechten Beine vor und stützte mich darauf, während ich das linke nachlässig auf der Fußspitze hielt; auch das gibt mir Festigkeit.

Nun ist es möglich, daß dieser Mensch schon auf mich schielte, als er das Weihwasser in sein Gesicht spritzte, vielleicht auch hatte er mich schon früher mit Besorgnis bemerkt, denn jetzt unerwartet rannte er zur Türe hinaus. Die

Glastür schlug zu. Und als ich gleich nachher aus der Türe trat, sah ich ihn nicht mehr, denn dort gab es einige schmale Gassen und der Verkehr war mannigfaltig.

In den nächsten Tagen blieb er aus, aber mein Mädchen kam. Sie war in dem schwarzen Kleide, welches auf den Schultern durchsichtige Spitzen hatte, – der Halbmond des Hemdrandes lag unter ihnen –, von deren unterem Rande die Seide in einem wohlgeschnittenen Kragen niederging. Und da das Mädchen kam, vergaß ich den jungen Mann und selbst dann kümmerte ich mich nicht um ihn, als er später wieder regelmäßig kam und nach seiner Gewohnheit betete. Aber immer ging er mit großer Eile an mir vorüber, mit abgewendetem Gesichte. Vielleicht lag es daran, daß ich mir ihn immer nur in Bewegung denken konnte, so daß es mir, selbst wenn er stand, schien, als schleiche er.

Einmal verspätete ich mich in meinem Zimmer. Trotzdem ging ich noch in die Kirche. Ich fand das Mädchen nicht mehr dort und wollte nach Hause gehn. Da lag dort wieder dieser junge Mensch. Die alte Begebenheit fiel mir jetzt ein und machte mich neugierig.

Auf den Fußspitzen glitt ich zum Türgang, gab dem blinden Bettler, der dort saß, eine Münze und drückte mich neben ihn hinter den geöffneten Türflügel; dort saß ich eine Stunde lang und machte vielleicht ein listiges Gesicht. Ich fühlte mich dort wohl und beschloß öfters herzukommen. In der zweiten Stunde fand ich es unsinnig hier wegen des Beters zu sitzen. Und dennoch ließ ich noch eine dritte Stunde schon zornig die Spinnen über meine Kleider kriechen, während die letzten Menschen lautatmend aus dem Dunkel der Kirche traten.

Da kam er auch. Er ging vorsichtig und seine Füße betasteten zuerst leichthin den Boden, ehe sie auftraten.

Ich stand auf, machte einen großen und geraden Schritt und ergriff den jungen Menschen. »Guten Abend«, sagte ich und stieß ihn, meine Hand an seinem Kragen, die Stufen hinunter auf den beleuchteten Platz.

Als wir unten waren, sagte er mit einer völlig unbefestigten Stimme: »Guten Abend, lieber, lieber Herr, zürnen Sie mir nicht, Ihrem höchst ergebenen Diener.«

»Ja«, sagte ich, »ich will Sie einiges fragen, mein Herr; voriges Mal entkamen Sie mir, das wird Ihnen heute kaum gelingen.«

»Sie sind mitleidig, mein Herr, und Sie werden mich nach Hause gehen lassen. Ich bin bedauernswert, das ist die Wahrheit.«

»Nein«, schrie ich in den Lärm der vorüberfahrenden Straßenbahn, »ich lasse Sie nicht. Gerade solche Geschichten gefallen mir. Sie sind ein Glücksfang. Ich beglückwünsche mich.«

Da sagte er: »Ach Gott, Sie haben ein lebhaftes Herz und einen Kopf aus einem Block. Sie nennen mich einen Glücksfang, wie glücklich müssen Sie sein! Denn mein Unglück ist ein schwankendes Unglück, ein auf einer dünnen Spitze schwankendes Unglück und berührt man es, so fällt es auf den Frager. Gute Nacht, mein Herr.«

»Gut«, sagte ich und hielt seine rechte Hand fest, »wenn Sie mir nicht antworten werden, werde ich hier auf der Gasse zu rufen anfangen. Und alle Ladenmädchen, die jetzt aus den Geschäften kommen und alle ihre Liebhaber, die sich auf sie freuen, werden zusammenlaufen, denn sie werden glauben, ein Droschkenpferd sei gestürzt oder etwas dergleichen sei geschehen. Dann werde ich Sie den Leuten zeigen.«

Da küßte er weinend abwechselnd meine beiden Hände. »Ich werde Ihnen sagen, was Sie wissen wollen, aber bitte, gehen wir lieber in die Seitengasse drüben.« Ich nickte und wir gingen hin.

Aber er begnügte sich nicht mit dem Dunkel der Gasse, in der nur weit voneinander gelbe Laternen waren, sondern er führte mich in den niedrigen Flurgang eines alten Hauses unter ein Lämpchen, das vor der Holztreppe tropfend hing.

Dort nahm er wichtig sein Taschentuch und sagte, es auf

eine Stufe breitend: »Setzt Euch doch lieber Herr, da könnt Ihr besser fragen, ich bleibe stehen, da kann ich besser antworten. Quält mich aber nicht.«

Da setzte ich mich und sagte, indem ich mit schmalen Augen zu ihm aufblickte: »Ihr seid ein gelungener Tollhäusler, das seid Ihr! Wie benehmt Ihr Euch doch in der Kirche! Wie ärgerlich ist das und wie unangenehm den Zuschauern! Wie kann man andächtig sein, wenn man Euch anschauen muß.«

Er hatte seinen Körper an die Mauer gepreßt, nur den Kopf bewegte er frei in der Luft. »Ärgert Euch nicht – warum sollt Ihr Euch ärgern über Sachen, die Euch nicht angehören. Ich ärgere mich, wenn ich mich ungeschickt benehme; benimmt sich aber nur ein anderer schlecht, dann freue ich mich. Also ärgert Euch nicht, wenn ich sage, daß es der Zweck meines Lebens ist, von den Leuten angeschaut zu werden.«

»Was sagt Ihr da«, rief ich viel zu laut für den niedrigen Gang, aber ich fürchtete mich dann, die Stimme zu schwächen, »wirklich was sagtet Ihr da. Ja ich ahne schon, ja ich ahnte es schon, seit ich Euch zum erstenmal sah, in welchem Zustande Ihr seid. Ich habe Erfahrung und es ist nicht scherzend gemeint, wenn ich sage, daß es eine Seekrankheit auf festem Lande ist. Deren Wesen ist so, daß Ihr den wahrhaftigen Namen der Dinge vergessen habt und über sie jetzt in einer Eile zufällige Namen schüttet. Nur schnell, nur schnell! Aber kaum seid Ihr von ihnen weggelaufen, habt Ihr wieder ihre Namen vergessen. Die Pappel in den Feldern, die Ihr den ›Turm von Babel‹ genannt habt, denn Ihr wußtet nicht oder wolltet nicht wissen, daß es eine Pappel war, schaukelt wieder namenlos und Ihr müßt sie nennen ›Noah, wie er betrunken war‹.«

Ich war ein wenig bestürzt, als er sagte: »Ich bin froh, daß ich das, was Ihr sagtet, nicht verstanden habe.«

Aufgeregt sagte ich rasch: »Dadurch, daß Ihr froh seid darüber, zeigt Ihr, daß Ihr es verstanden habt.«

»Freilich habe ich es gezeigt, gnädiger Herr, aber auch Ihr habt merkwürdig gesprochen.«

Ich legte meine Hände auf eine obere Stufe, lehnte mich zurück und fragte in dieser fast unangreifbaren Haltung, welche die letzte Rettung der Ringkämpfer ist: »Ihr habt eine lustige Art, Euch zu retten, indem Ihr Eueren Zustand bei den anderen voraussetzt.«

Daraufhin wurde er mutig. Er legte die Hände ineinander, um seinem Körper eine Einheit zu geben, und sagte unter leichtem Widerstreben: »Nein, ich tue das nicht gegen alle, zum Beispiel auch gegen Euch nicht, weil ich es nicht kann. Aber ich wäre froh, wenn ich es könnte, denn dann hätte ich die Aufmerksamkeit der Leute in der Kirche nicht mehr nötig. Wisset Ihr, warum ich sie nötig habe?«

Diese Frage machte mich unbeholfen. Sicherlich, ich wußte es nicht und ich glaube, ich wollte es auch nicht wissen. Ich hatte ja auch nicht hierher kommen wollen, sagte ich mir damals, aber der Mensch hatte mich gezwungen, ihm zuzuhören. So brauchte ich ja jetzt bloß meinen Kopf zu schütteln, um ihm zu zeigen, daß ich es nicht wußte, aber ich konnte meinen Kopf in keine Bewegung bringen.

Der Mensch, welcher mir gegenüber stand, lächelte. Dann duckte er sich auf seine Knie nieder und erzählte mit schläfriger Grimasse: »Es hat niemals eine Zeit gegeben, in der ich durch mich selbst von meinem Leben überzeugt war. Ich erfasse nämlich die Dinge um mich nur in so hinfälligen Vorstellungen, daß ich immer glaube, die Dinge hätten einmal gelebt, jetzt aber seien sie versinkend. Immer, lieber Herr, habe ich eine Lust, die Dinge so zu sehen, wie sie sich geben mögen, ehe sie sich mir zeigen. Sie sind da wohl schön und ruhig. Es muß so sein, denn ich höre oft Leute in dieser Weise von ihnen reden.«

Da ich schwieg und nur durch unwillkürliche Zuckungen in meinem Gesichte zeigte, wie unbehaglich mir war, fragte er: »Sie glauben nicht daran, daß die Leute so reden?«

Ich glaubte, nicken zu müssen, konnte es aber nicht.

»Wirklich, Sie glauben nicht daran? Ach hören Sie doch; als ich als Kind nach einem kurzen Mittagsschlaf die Augen öffnete, hörte ich noch ganz im Schlaf befangen meine Mutter in natürlichem Ton vom Balkon hinunterfragen: ›Was machen Sie meine Liebe. Es ist so heiß.‹ Eine Frau antwortete aus dem Garten: ›Ich jause im Grünen.‹ Sie sagten es ohne Nachdenken und nicht allzu deutlich, als müßte es jeder erwartet haben.«

Ich glaubte, ich sei gefragt, daher griff ich in die hintere Hosentasche und tat, als suchte ich dort etwas. Aber ich suchte nichts, sondern ich wollte nur meinen Anblick verändern, um meine Teilnahme am Gespräch zu zeigen. Dabei sagte ich, daß dieser Vorfall so merkwürdig sei und daß ich ihn keineswegs begreife. Ich fügte auch hinzu, daß ich an dessen Wahrheit nicht glaube und daß er zu einem bestimmten Zweck, den ich gerade nicht einsehe, erfunden sein müsse. Dann schloß ich die Augen, denn sie schmerzten mich.

»Oh, das ist doch gut, daß Ihr meiner Meinung seid und es war uneigennützig, daß Ihr mich angehalten habt, um mir das zu sagen.

Nicht wahr, warum sollte ich mich schämen – oder warum sollten wir uns schämen –, daß ich nicht aufrecht und schwer gehe, nicht mit dem Stock auf das Pflaster schlage und nicht die Kleider der Leute streife, welche laut vorübergehen. Sollte ich nicht vielmehr mit Recht trotzig klagen dürfen, daß ich als Schatten mit eckigen Schultern die Häuser entlang hüpfe, manchmal in den Scheiben der Auslagsfenster verschwindend.

Was sind das für Tage, die ich verbringe! Warum ist alles so schlecht gebaut, daß bisweilen hohe Häuser einstürzen, ohne daß man einen äußeren Grund finden könnte. Ich klettere dann über die Schutthaufen und frage jeden, dem ich begegne: ›Wie konnte das nur geschehn! In unserer Stadt – ein neues Haus – das ist heute schon das fünfte – bedenken Sie doch.‹ Da kann mir keiner antworten.

Oft fallen Menschen auf der Gasse und bleiben tot liegen. Da öffnen alle Geschäftsleute ihre mit Waren verhangenen Türen, kommen gelenkig herbei, schaffen den Toten in ein Haus, kommen dann, Lächeln um Mund und Augen, heraus und reden: ›Guten Tag – der Himmel ist blaß – ich verkaufe viele Kopftücher – ja, der Krieg.‹ Ich hüpfe ins Haus und nachdem ich mehrere Male die Hand mit dem gebogenen Finger furchtsam gehoben habe, klopfe ich endlich an dem Fensterchen des Hausmeisters. ›Lieber Mann‹, sage ich freundlich, ›es wurde ein toter Mensch zu Ihnen gebracht. Zeigen Sie mir ihn, ich bitte Sie.‹ Und als er den Kopf schüttelt, als wäre er unentschlossen, sage ich bestimmt: ›Lieber Mann. Ich bin Geheimpolizist. Zeigen Sie mir gleich den Toten.‹ ›Einen Toten‹, fragt er jetzt und ist fast beleidigt. ›Nein, wir haben keinen Toten hier. Es ist ein anständiges Haus.‹ Ich grüße und gehe.

Dann aber, wenn ich einen großen Platz zu durchqueren habe, vergesse ich an alles. Die Schwierigkeit dieses Unternehmens verwirrt mich und ich denke oft bei mir: ›Wenn man so große Plätze nur aus Übermut baut, warum baut man nicht auch ein Steingeländer, das durch den Platz führen könnte. Heute bläst ein Südwestwind. Die Luft auf dem Platz ist aufgeregt. Die Spitze des Rathausturmes beschreibt kleine Kreise. Warum macht man nicht Ruhe in dem Gedränge? Alle Fensterscheiben lärmen und die Laternenpfähle biegen sich wie Bambus. Der Mantel der heiligen Maria auf der Säule windet sich und die stürmische Luft reißt an ihm. Sieht es denn niemand? Die Herren und Damen, die auf den Steinen gehen sollten, schweben. Wenn der Wind Atem holt, bleiben sie stehen, sagen einige Worte zueinander und verneigen sich grüßend, stößt aber der Wind wieder, können sie ihm nicht widerstehn und alle heben gleichzeitig ihre Füße. Zwar müssen sie fest ihre Hüte halten, aber ihre Augen schauen lustig, als wäre milde Witterung. Nur ich fürchte mich.‹« –

Mißhandelt, wie ich war, sagte ich: »Die Geschichte, die

Sie früher erzählt haben von Ihrer Frau Mutter und der Frau im Garten finde ich gar nicht merkwürdig. Nicht nur, daß ich viele derartige Geschichten gehört und erlebt habe, so habe ich sogar bei manchen mitgewirkt. Diese Sache ist doch ganz natürlich. Meinen Sie, ich hätte, wenn ich am Balkon gewesen wäre, nicht dasselbe sagen können und aus dem Garten dasselbe antworten können? Ein so einfacher Vorfall.«

Als ich das gesagt hatte, schien er sehr beglückt. Er sagte, daß ich hübsch gekleidet sei, und daß ihm meine Halsbinde sehr gefalle. Und was für eine feine Haut ich hätte. Und Geständnisse würden am klarsten, wenn man sie widerriefe.

Gespräch mit dem Betrunkenen

Als ich aus dem Haustor mit kleinem Schritte trat, wurde
ich von dem Himmel mit Mond und Sternen und großer
Wölbung und von dem Ringplatz mit Rathaus, Mariensäule
und Kirche überfallen.

Ich ging ruhig aus dem Schatten ins Mondlicht, knöpfte
den Überzieher auf und wärmte mich; dann ließ ich durch
Erheben der Hände das Sausen der Nacht schweigen und
fing zu überlegen an:

»Was ist es doch, daß Ihr tut, als wenn Ihr wirklich wäret.
Wollt Ihr mich glauben machen, daß ich unwirklich bin, ko-
misch auf dem grünen Pflaster stehend? Aber doch ist es
schon lange her, daß du wirklich warst, du Himmel, und du
Ringplatz bist niemals wirklich gewesen.«

»Es ist ja wahr, noch immer seid Ihr mir überlegen, aber
doch nur dann, wenn ich Euch in Ruhe lasse.«

»Gott sei Dank, Mond, du bist nicht mehr Mond, aber
vielleicht ist es nachlässig von mir, daß ich dich Mondbe-
nannten noch immer Mond nenne. Warum bist du nicht
mehr so übermütig, wenn ich dich nenne ›Vergessene Pa-
pierlaterne in merkwürdiger Farbe‹. Und warum ziehst du
dich fast zurück, wenn ich dich ›Mariensäule‹ nenne und ich
erkenne deine drohende Haltung nicht mehr Mariensäule,
wenn ich dich nenne ›Mond, der gelbes Licht wirft‹.«

»Es scheint nun wirklich, daß es Euch nicht gut tut, wenn
man über Euch nachdenkt; Ihr nehmt ab an Mut und Ge-
sundheit.«

»Gott, wie zuträglich muß es erst sein, wenn Nachden-
kender vom Betrunkenen lernt!«

»Warum ist alles still geworden. Ich glaube es ist kein
Wind mehr. Und die Häuschen, die oft wie auf kleinen Rä-
dern über den Platz rollen, sind ganz festgestampft – still –
still – man sieht gar nicht den dünnen, schwarzen Strich, der
sie sonst vom Boden trennt.«

Und ich setzte mich in Lauf. Ich lief ohne Hindernis dreimal um den großen Platz herum und da ich keinen Betrunkenen traf, lief ich ohne die Schnelligkeit zu unterbrechen und ohne Anstrengung zu verspüren gegen die Karlsgasse. Mein Schatten lief oft kleiner als ich neben mir an der Wand, wie in einem Hohlweg zwischen Mauer und Straßengrund.

Als ich bei dem Hause der Feuerwehr vorüberkam, hörte ich vom kleinen Ring her Lärm und als ich dort einbog, sah ich einen Betrunkenen am Gitterwerk des Brunnens stehn, die Arme wagrecht haltend und mit den Füßen, die in Holzpantoffeln staken, auf die Erde stampfend.

Ich blieb zuerst stehn, um meine Atmung ruhig werden zu lassen, dann ging ich zu ihm, nahm meinen Zylinder vom Kopfe und stellte mich vor:

»Guten Abend, zarter Edelmann, ich bin dreiundzwanzig Jahre alt, aber ich habe noch keinen Namen. Sie aber kommen sicher mit erstaunlichen, ja mit singbaren Namen aus dieser großen Stadt Paris. Der ganz unnatürliche Geruch des ausgleitenden Hofes von Frankreich umgibt Sie.«

»Sicher haben Sie mit Ihren gefärbten Augen jene großen Damen gesehn, die schon auf der hohen und lichten Terrasse stehn, sich in schmaler Taille ironisch umwendend, während das Ende ihrer auch auf der Treppe ausgebreiteten bemalten Schleppe noch über dem Sand des Gartens liegt. – Nicht wahr, auf langen Stangen, überall verteilt, steigen Diener in grauen frechgeschnittenen Fräcken und weißen Hosen, die Beine um die Stange gelegt, den Oberkörper aber oft nach hinten und zur Seite gebogen, denn sie müssen an Stricken riesige graue Leinwandtücher von der Erde heben und in der Höhe spannen, weil die große Dame einen nebligen Morgen wünscht.« Da er sich rülpste, sagte ich fast erschrocken: »Wirklich, ist es wahr, Sie kommen Herr aus unserem Paris, aus dem stürmischen Paris, ach, aus diesem schwärmerischen Hagelwetter?« Als er sich wieder rülpste, sagte ich verlegen: »Ich weiß, es widerfährt mir eine große Ehre.«

Und ich knöpfte mit raschen Fingern meinen Überzieher zu, dann redete ich inbrünstig und schüchtern:

»Ich weiß, Sie halten mich einer Antwort nicht für würdig, aber ich müßte ein verweintes Leben führen, wenn ich Sie heute nicht fragte.«

»Ich bitte Sie, so geschmückter Herr, ist das wahr, was man mir erzählt hat. Gibt es in Paris Menschen, die nur aus verzierten Kleidern bestehn und gibt es dort Häuser, die bloß Portale haben und ist es wahr, daß an Sommertagen der Himmel über der Stadt fliehend blau ist, nur verschönt durch angepreßte weiße Wölkchen, die alle die Form von Herzen haben? Und gibt es dort ein Panoptikum mit großem Zulauf, in dem bloß Bäume stehn mit den Namen der berühmtesten Helden, Verbrecher und Verliebten auf kleinen angehängten Tafeln.«

»Und dann noch diese Nachricht! Diese offenbar lügnerische Nachricht!«

»Nicht wahr, diese Straßen von Paris sind plötzlich verzweigt; sie sind unruhig, nicht wahr? Es ist nicht immer alles in Ordnung, wie könnte es auch sein! Es geschieht einmal ein Unfall, Leute sammeln sich, aus den Nebenstraßen kommend mit dem großstädtischen Schritt, der das Pflaster nur wenig berührt; alle sind zwar in Neugierde, aber auch in Furcht vor Enttäuschung; sie atmen schnell und strecken ihre kleinen Köpfe vor. Wenn sie aber einander berühren, so verbeugen sie sich tief und bitten um Verzeihung: ›Es tut mir sehr leid, – es geschah ohne Absicht – das Gedränge ist groß, verzeihen Sie, ich bitte – es war sehr ungeschickt von mir – ich gebe das zu. Mein Name ist – mein Name ist Jerome Faroche, Gewürzkrämer bin ich in der rue du Cabotin – gestatten Sie, daß ich Sie für morgen zum Mittagessen einlade – auch meine Frau würde so große Freude haben.‹ So reden sie, während doch die Gasse betäubt ist und der Rauch der Schornsteine zwischen die Häuser fällt. So ist es doch. Und wäre es möglich, daß da einmal auf einem belebten Boulevard eines vornehmen Viertels zwei Wagen halten. Diener öffnen ernst die Türen. Acht edle sibirische Wolfshunde tänzeln hinunter und jagen bellend über die Fahrbahn in Sprüngen. Und da sagt man, daß es verkleidete junge Pariser Stutzer sind.«

Er hatte die Augen fast geschlossen. Als ich schwieg, steckte er beide Hände in den Mund und riß am Unterkiefer. Sein Kleid war ganz beschmutzt. Man hatte ihn vielleicht aus einer Weinstube hinausgeworfen und er war darüber noch nicht im Klaren.

Es war vielleicht diese kleine, ganz ruhige Pause zwischen Tag und Nacht, wo uns der Kopf, ohne daß wir es erwarten, im Genicke hängt und wo alles, ohne daß wir es merken, still steht, da wir es nicht betrachten, und dann verschwindet. Während wir mit gebogenem Leib allein bleiben, uns dann umschaun, aber nichts mehr sehn, auch keinen Widerstand der Luft mehr fühlen, aber innerlich uns an der Erinnerung halten, daß in gewissem Abstand von uns Häuser stehn mit Dächern und glücklicherweise eckigen Schornsteinen, durch die das Dunkel in die Häuser fließt, durch die Dachkammern in die verschiedenartigen Zimmer. Und es ist ein Glück, daß morgen ein Tag sein wird, an dem, so unglaublich es ist, man alles wird sehen können.

Da riß der Betrunkene seine Augenbrauen hoch, so daß zwischen ihnen und den Augen ein Glanz entstand und erklärte in Absätzen: »Das ist so nämlich – ich bin nämlich schläfrig, daher werde ich schlafen gehn. – Ich habe nämlich einen Schwager am Wenzelsplatz – dorthin geh ich, denn dort wohne ich, denn dort habe ich mein Bett. – Ich geh jetzt. – Ich weiß nämlich nur nicht, wie er heißt und wo er wohnt – mir scheint, das habe ich vergessen – aber das macht nichts, denn ich weiß ja nicht einmal, ob ich überhaupt einen Schwager habe. – Jetzt gehe ich nämlich. – Glauben Sie, daß ich ihn finden werde?«

Darauf sagte ich ohne Bedenken: »Das ist sicher. Aber Sie kommen aus der Fremde und Ihre Dienerschaft ist zufällig nicht bei Ihnen. Gestatten Sie, daß ich Sie führe.«

Er antwortete nicht. Da reichte ich ihm meinen Arm, damit er sich einhänge.

Großer Lärm

Ich sitze in meinem Zimmer im Hauptquartier des Lärms
der ganzen Wohnung. Alle Türen höre ich schlagen, durch
ihren Lärm bleiben mir nur die Schritte der zwischen ihnen
Laufenden erspart, noch das Zuklappen der Herdtüre in der
Küche höre ich. Der Vater durchbricht die Türen meines
Zimmers und zieht im nachschleppenden Schlafrock durch,
aus dem Ofen im Nebenzimmer wird die Asche gekratzt,
Valli fragt, durch das Vorzimmer Wort für Wort rufend, ob
des Vaters Hut schon geputzt ist, ein Zischen, das mir be-
freundet sein will, erhebt noch das Geschrei einer antwor-
tenden Stimme. Die Wohnungstüre wird aufgeklinkt und
lärmt, wie aus katarrhalischem Hals, öffnet sich dann wei-
terhin mit dem Singen einer Frauenstimme und schließt
sich endlich mit einem dumpfen, männlichen Ruck, der sich
am rücksichtslosesten anhört. Der Vater ist weg, jetzt be-
ginnt der zartere, zerstreutere, hoffnungslosere Lärm, von
den Stimmen der zwei Kanarienvögel angeführt. Schon frü-
her dachte ich daran, bei den Kanarienvögeln fällt es mir
von neuem ein, ob ich nicht die Türe bis zu einer kleinen
Spalte öffnen, schlangengleich ins Nebenzimmer kriechen
und so auf dem Boden meine Schwestern und ihr Fräulein
um Ruhe bitten sollte.

Betrachtung

Für M. B.

Kinder auf der Landstraße

Ich hörte die Wagen an dem Gartengitter vorüberfahren, manchmal sah ich sie auch durch die schwach bewegten Lücken im Laub. Wie krachte in dem heißen Sommer das Holz in ihren Speichen und Deichseln! Arbeiter kamen von den Feldern und lachten, daß es eine Schande war.

Ich saß auf unserer kleinen Schaukel, ich ruhte mich gerade aus zwischen den Bäumen im Garten meiner Eltern.

Vor dem Gitter hörte es nicht auf. Kinder im Laufschritt waren im Augenblick vorüber; Getreidewagen mit Männern und Frauen auf den Garben und rings herum verdunkelten die Blumenbeete; gegen Abend sah ich einen Herrn mit einem Stock langsam spazieren gehn und paar Mädchen, die Arm in Arm ihm entgegenkamen, traten grüßend ins seitliche Gras.

Dann flogen Vögel wie sprühend auf, ich folgte ihnen mit den Blicken, sah, wie sie in einem Atemzug stiegen, bis ich nicht mehr glaubte, daß sie stiegen, sondern daß ich falle, und fest mich an den Seilen haltend aus Schwäche ein wenig zu schaukeln anfing. Bald schaukelte ich stärker, als die Luft schon kühler wehte und statt der fliegenden Vögel zitternde Sterne erschienen.

Bei Kerzenlicht bekam ich mein Nachtmahl. Oft hatte ich beide Arme auf der Holzplatte und, schon müde, biß ich in mein Butterbrot. Die stark durchbrochenen Vorhänge bauschten sich im warmen Wind, und manchmal hielt sie einer, der draußen vorüberging, mit seinen Händen fest, wenn er mich besser sehen und mit mir reden wollte. Meistens verlöschte die Kerze bald und in dem dunklen Kerzenrauch trieben sich noch eine Zeitlang die versammelten Mücken herum. Fragte mich einer vom Fenster aus, so sah ich ihn an, als schaue ich ins Gebirge oder in die bloße Luft, und auch ihm war an einer Antwort nicht viel gelegen.

Sprang dann einer über die Fensterbrüstung und meldete, die anderen seien schon vor dem Haus, so stand ich freilich seufzend auf.

»Nein, warum seufzst Du so? Was ist denn geschehn? Ist es ein besonderes, nie gut zu machendes Unglück? Werden wir uns nie davon erholen können? Ist wirklich alles verloren?«

Nichts war verloren. Wir liefen vor das Haus. »Gott sei Dank, da seid Ihr endlich!« – »Du kommst halt immer zu spät!« – »Wieso denn ich?« – »Gerade Du, bleib zu Hause, wenn Du nicht mitwillst.« – »Keine Gnaden!« – »Was? Keine Gnaden? Wie redest Du?«

Wir durchstießen den Abend mit dem Kopf. Es gab keine Tages- und keine Nachtzeit. Bald rieben sich unsere Westenknöpfe aneinander wie Zähne, bald liefen wir in gleichbleibender Entfernung, Feuer im Mund, wie Tiere in den Tropen. Wie Kürassiere in alten Kriegen, stampfend und hoch in der Luft, trieben wir einander die kurze Gasse hinunter und mit diesem Anlauf in den Beinen die Landstraße weiter hinauf. Einzelne traten in den Straßengraben, kaum verschwanden sie vor der dunklen Böschung, standen sie schon wie fremde Leute oben auf dem Feldweg und schauten herab.

»Kommt doch herunter!« – »Kommt zuerst herauf!« – »Damit Ihr uns herunterwerfet, fällt uns nicht ein, so gescheit sind wir noch.« – »So feig seid Ihr, wollt Ihr sagen. Kommt nur, kommt!« – »Wirklich? Ihr? Gerade Ihr werdet uns hinunterwerfen? Wie müßtet Ihr aussehen?«

Wir machten den Angriff, wurden vor die Brust gestoßen und legten uns in das Gras des Straßengrabens, fallend und freiwillig. Alles war gleichmäßig erwärmt, wir spürten nicht Wärme, nicht Kälte im Gras, nur müde wurde man.

Wenn man sich auf die rechte Seite drehte, die Hand unters Ohr gab, da wollte man gerne einschlafen. Zwar wollte man sich noch einmal aufraffen mit erhobenem Kinn, dafür aber in einen tieferen Graben fallen. Dann wollte man, den Arm quer vorgehalten, die Beine schiefgeweht, sich gegen die Luft werfen und wieder bestimmt in einen noch tieferen Graben fallen. Und damit wollte man gar nicht aufhören.

Wie man sich im letzten Graben richtig zum Schlafen aufs äußerste strecken würde, besonders in den Knien, daran dachte man noch kaum und lag, zum Weinen aufgelegt, wie krank auf dem Rücken. Man zwinkerte, wenn einmal ein Junge, die Ellbogen bei den Hüften, mit dunklen Sohlen über uns von der Böschung auf die Straße sprang.

Den Mond sah man schon in einiger Höhe, ein Postwagen fuhr in seinem Licht vorbei. Ein schwacher Wind erhob sich allgemein, auch im Graben fühlte man ihn, und in der Nähe fing der Wald zu rauschen an. Da lag einem nicht mehr soviel daran, allein zu sein.

»Wo seid Ihr?« – »Kommt her!« – »Alle zusammen!« – »Was versteckst Du Dich, laß den Unsinn!« – »Wißt Ihr nicht, daß die Post schon vorüber ist?« – »Aber nein! Schon vorüber?« – »Natürlich, während Du geschlafen hast, ist sie vorübergefahren.« – »Ich habe geschlafen? Nein so etwas!« – »Schweig nur, man sieht es Dir doch an.« – »Aber ich bitte Dich.« – »Kommt!«

Wir liefen enger beisammen, manche reichten einander die Hände, den Kopf konnte man nicht genug hoch haben, weil es abwärts ging. Einer schrie einen indianischen Kriegsruf heraus, wir bekamen in die Beine einen Galopp wie niemals, bei den Sprüngen hob uns in den Hüften der Wind. Nichts hätte uns aufhalten können; wir waren so im Laufe, daß wir selbst beim Überholen die Arme verschränken und ruhig uns umsehen konnten.

Auf der Wildbachbrücke blieben wir stehn; die weiter gelaufen waren, kehrten zurück. Das Wasser unten schlug an Steine und Wurzeln, als wäre es nicht schon spät abend. Es gab keinen Grund dafür, warum nicht einer auf das Geländer der Brücke sprang.

Hinter Gebüschen in der Ferne fuhr ein Eisenbahnzug heraus, alle Coupées waren beleuchtet, die Glasfenster sicher herabgelassen. Einer von uns begann einen Gassenhauer zu singen, aber wir alle wollten singen. Wir sangen viel rascher als der Zug fuhr, wir schaukelten die Arme, weil die Stimme nicht genügte, wir kamen mit unseren Stimmen in ein Gedränge, in dem uns wohl war. Wenn man seine Stimme unter andere mischt, ist man wie mit einem Angelhaken gefangen.

So sangen wir, den Wald im Rücken, den fernen Reisenden in die Ohren. Die Erwachsenen wachten noch im Dorfe, die Mütter richteten die Betten für die Nacht.

Es war schon Zeit. Ich küßte den, der bei mir stand, reichte den drei Nächsten nur so die Hände, begann den Weg zurückzulaufen, keiner rief mich. Bei der ersten Kreuzung, wo sie mich nicht mehr sehen konnten, bog ich ein und lief auf Feldwegen wieder in den Wald. Ich strebte zu der Stadt im Süden hin, von der es in unserem Dorfe hieß:

»Dort sind Leute! Denkt Euch, die schlafen nicht!«

»Und warum denn nicht?«

»Weil sie nicht müde werden.«

»Und warum denn nicht?«

»Weil sie Narren sind.«

»Werden denn Narren nicht müde?«

»Wie könnten Narren müde werden?«

Entlarvung eines Bauernfängers

Endlich gegen 10 Uhr abends kam ich mit einem mir von früher her nur flüchtig bekannten Mann, der sich mir diesmal unversehens wieder angeschlossen und mich zwei Stunden lang in den Gassen herumgezogen hatte, vor dem herrschaftlichen Hause an, in das ich zu einer Gesellschaft geladen war.

»So!« sagte ich und klatschte in die Hände zum Zeichen der unbedingten Notwendigkeit des Abschieds. Weniger bestimmte Versuche hatte ich schon einige gemacht. Ich war schon ganz müde.

»Gehn Sie gleich hinauf?« fragte er. In seinem Munde hörte ich ein Geräusch wie vom Aneinanderschlagen der Zähne.

»Ja.«

Ich war doch eingeladen, ich hatte es ihm gleich gesagt. Aber ich war eingeladen, hinaufzukommen, wo ich schon so gerne gewesen wäre, und nicht hier unten vor dem Tor zu stehn und an den Ohren meines Gegenübers vorüberzuschauen. Und jetzt noch mit ihm stumm zu werden, als seien wir zu einem langen Aufenthalt auf diesem Fleck entschlossen. Dabei nahmen an diesem Schweigen gleich die Häuser rings herum ihren Anteil, und das Dunkel über ihnen bis zu den Sternen. Und die Schritte unsichtbarer Spaziergänger, deren Wege zu erraten man nicht Lust hatte, der Wind, der immer wieder an die gegenüberliegende Straßenseite sich drückte, ein Grammophon, das gegen die geschlossenen Fenster irgendeines Zimmers sang, – sie ließen aus diesem Schweigen sich hören, als sei es ihr Eigentum seit jeher und für immer.

Und mein Begleiter fügte sich in seinem und – nach einem Lächeln – auch in meinem Namen, streckte die Mauer entlang den rechten Arm aufwärts und lehnte sein Gesicht, die Augen schließend, an ihn.

Doch dieses Lächeln sah ich nicht mehr ganz zu Ende, denn Scham drehte mich plötzlich herum. Erst an diesem Lächeln also hatte ich erkannt, daß das ein Bauernfänger war, nichts weiter. Und ich war doch schon Monate lang in dieser Stadt, hatte geglaubt, diese Bauernfänger durch und durch zu kennen, wie sie bei Nacht aus Seitenstraßen, die Hände vorgestreckt, wie Gastwirte uns entgegentreten, wie sie sich um die Anschlagsäule, bei der wir stehen, herumdrücken, wie zum Versteckenspielen und hinter der Säulenrundung hervor zumindest mit einem Auge spionieren, wie sie in Straßenkreuzungen, wenn wir ängstlich werden, auf einmal vor uns schweben auf der Kante unseres Trottoirs! Ich verstand sie doch so gut, sie waren ja meine ersten städtischen Bekannten in den kleinen Wirtshäusern gewesen, und ich verdankte ihnen den ersten Anblick einer Unnachgiebigkeit, die ich mir jetzt so wenig von der Erde wegdenken konnte, daß ich sie schon in mir zu fühlen begann. Wie standen sie einem noch gegenüber, selbst wenn man ihnen schon längst entlaufen war, wenn es also längst nichts mehr zu fangen gab! Wie setzten sie sich nicht, wie fielen sie nicht hin, sondern sahen einen mit Blicken an, die noch immer, wenn auch nur aus der Ferne, überzeugten! Und ihre Mittel waren stets die gleichen: Sie stellten sich vor uns hin, so breit sie konnten; suchten uns abzuhalten von dort, wohin wir strebten; bereiteten uns zum Ersatz eine Wohnung in ihrer eigenen Brust, und bäumte sich endlich das gesammelte Gefühl in uns auf, nahmen sie es als Umarmung, in die sie sich warfen, das Gesicht voran.

Und diese alten Späße hatte ich diesmal erst nach so langem Beisammensein erkannt. Ich zerrieb mir die Fingerspitzen an einander, um die Schande ungeschehen zu machen.

Mein Mann aber lehnte hier noch wie früher, hielt sich noch immer für einen Bauernfänger, und die Zufriedenheit mit seinem Schicksal rötete ihm die freie Wange.

»Erkannt!« sagte ich und klopfte ihm noch leicht auf die Schulter. Dann eilte ich die Treppe hinauf und die so grundlos treuen Gesichter der Dienerschaft oben im Vorzimmer freuten mich wie eine schöne Überraschung. Ich sah sie alle der Reihe nach an, während man mir den Mantel abnahm und die Stiefel abstaubte. Aufatmend und langgestreckt betrat ich dann den Saal.

Der plötzliche Spaziergang

Wenn man sich am Abend endgültig entschlossen zu haben scheint, zu Hause zu bleiben, den Hausrock angezogen hat, nach dem Nachtmahl beim beleuchteten Tische sitzt und jene Arbeit oder jenes Spiel vorgenommen hat, nach dessen Beendigung man gewohnheitsgemäß schlafen geht, wenn draußen ein unfreundliches Wetter ist, welches das Zuhausebleiben selbstverständlich macht, wenn man jetzt auch schon so lange bei Tisch stillgehalten hat, daß das Weggehen allgemeines Erstaunen hervorrufen müßte, wenn nun auch schon das Treppenhaus dunkel und das Haustor gesperrt ist, und wenn man nun trotz alledem in einem plötzlichen Unbehagen aufsteht, den Rock wechselt, sofort straßenmäßig angezogen erscheint, weggehen zu müssen erklärt, es nach kurzem Abschied auch tut, je nach der Schnelligkeit, mit der man die Wohnungstür zuschlägt, mehr oder weniger Ärger zu hinterlassen glaubt, wenn man sich auf der Gasse wiederfindet, mit Gliedern, die diese schon unerwartete Freiheit, die man ihnen verschafft hat, mit besonderer Beweglichkeit beantworten, wenn man durch diesen einen Entschluß alle Entschlußfähigkeit in sich gesammelt fühlt, wenn man mit größerer als der gewöhnlichen Bedeutung erkennt, daß man ja mehr Kraft als Bedürfnis hat, die schnellste Veränderung leicht zu bewirken und zu ertragen, und wenn man so die langen Gassen hinläuft, – dann ist man für diesen Abend gänzlich aus seiner Familie ausgetreten, die ins Wesenlose abschwenkt, während man selbst, ganz fest, schwarz vor Umrissenheit, hinten die Schenkel schlagend, sich zu seiner wahren Gestalt erhebt.

Verstärkt wird alles noch, wenn man zu dieser späten Abendzeit einen Freund aufsucht, um nachzusehen, wie es ihm geht.

Entschlüsse

Aus einem elenden Zustand sich zu erheben, muß selbst mit gewollter Energie leicht sein. Ich reiße mich vom Sessel los, umlaufe den Tisch, mache Kopf und Hals beweglich, bringe Feuer in die Augen, spanne die Muskeln um sie herum. Arbeite jedem Gefühl entgegen, begrüße A. stürmisch, wenn er jetzt kommen wird, dulde B. freundlich in meinem Zimmer, ziehe bei C. alles, was gesagt wird, trotz Schmerz und Mühe mit langen Zügen in mich hinein.

Aber selbst wenn es so geht, wird mit jedem Fehler, der nicht ausbleiben kann, das Ganze, das Leichte und das Schwere, stocken, und ich werde mich im Kreise zurückdrehen müssen.

Deshalb bleibt doch der beste Rat, alles hinzunehmen, als schwere Masse sich verhalten und fühle man sich selbst fortgeblasen, keinen unnötigen Schritt sich ablocken lassen, den anderen mit Tierblick anschaun, keine Reue fühlen, kurz, das, was vom Leben als Gespenst noch übrig ist, mit eigener Hand niederdrücken, d. h., die letzte grabmäßige Ruhe noch vermehren und nichts außer ihr mehr bestehen lassen.

Eine charakteristische Bewegung eines solchen Zustandes ist das Hinfahren des kleinen Fingers über die Augenbrauen.

Der Ausflug ins Gebirge

»Ich weiß nicht«, rief ich ohne Klang, »ich weiß ja nicht. Wenn niemand kommt, dann kommt eben niemand. Ich habe niemandem etwas Böses getan, niemand hat mir etwas Böses getan, niemand aber will mir helfen. Lauter niemand. Aber so ist es doch nicht. Nur daß mir niemand hilft –, sonst wäre lauter niemand hübsch. Ich würde ganz gern – warum denn nicht – einen Ausflug mit einer Gesellschaft von lauter Niemand machen. Natürlich ins Gebirge, wohin denn sonst? Wie sich diese Niemand aneinander drängen, diese vielen quer gestreckten und eingehängten Arme, diese vielen Füße, durch winzige Schritte getrennt! Versteht sich, daß alle in Frack sind. Wir gehen so lala, der Wind fährt durch die Lücken, die wir und unsere Gliedmaßen offen lassen. Die Hälse werden im Gebirge frei! Es ist ein Wunder, daß wir nicht singen.«

Das Unglück des Junggesellen

Es scheint so arg, Junggeselle zu bleiben, als alter Mann unter schwerer Wahrung der Würde um Aufnahme zu bitten, wenn man einen Abend mit Menschen verbringen will, krank zu sein und aus dem Winkel seines Bettes wochenlang das leere Zimmer anzusehn, immer vor dem Haustor Abschied zu nehmen, niemals neben seiner Frau sich die Treppe hinaufzudrängen, in seinem Zimmer nur Seitentüren zu haben, die in fremde Wohnungen führen, sein Nachtmahl in einer Hand nach Hause zu tragen, fremde Kinder anstaunen zu müssen und nicht immerfort wiederholen zu dürfen: »Ich habe keine«, sich im Aussehn und Benehmen nach ein oder zwei Junggesellen der Jugenderinnerungen auszubilden.

So wird es sein, nur daß man auch in Wirklichkeit heute und später selbst dastehen wird, mit einem Körper und einem wirklichen Kopf, also auch einer Stirn, um mit der Hand an sie zu schlagen.

Der Kaufmann

Es ist möglich, daß einige Leute Mitleid mit mir haben, aber ich spüre nichts davon. Mein kleines Geschäft erfüllt mich mit Sorgen, die mich innen an Stirne und Schläfen schmerzen, aber ohne mir Zufriedenheit in Aussicht zu stellen, denn mein Geschäft ist klein.

Für Stunden im voraus muß ich Bestimmungen treffen, das Gedächtnis des Hausdieners wachhalten, vor befürchteten Fehlern warnen und in einer Jahreszeit die Moden der folgenden berechnen, nicht wie sie unter Leuten meines Kreises herrschen werden, sondern bei unzugänglichen Bevölkerungen auf dem Lande.

Mein Geld haben fremde Leute; ihre Verhältnisse können mir nicht deutlich sein; das Unglück, das sie treffen könnte, ahne ich nicht; wie könnte ich es abwehren! Vielleicht sind sie verschwenderisch geworden und geben ein Fest in einem Wirtshausgarten und andere halten sich für ein Weilchen auf der Flucht nach Amerika bei diesem Feste auf.

Wenn nun am Abend eines Werketages das Geschäft gesperrt wird und ich plötzlich Stunden vor mir sehe, in denen ich für die ununterbrochenen Bedürfnisse meines Geschäftes nichts werde arbeiten können, dann wirft sich meine am Morgen weit vorausgeschickte Aufregung in mich, wie eine zurückkehrende Flut, hält es aber in mir nicht aus und ohne Ziel reißt sie mich mit.

Und doch kann ich diese Laune gar nicht benützen und kann nur nach Hause gehn, denn ich habe Gesicht und Hände schmutzig und verschwitzt, das Kleid fleckig und staubig, die Geschäftsmütze auf dem Kopfe und von Kistennägeln zerkratzte Stiefel. Ich gehe dann wie auf Wellen, klappere mit den Fingern beider Hände und mir entgegenkommenden Kindern fahre ich über das Haar.

Aber der Weg ist zu kurz. Gleich bin ich in meinem Hause, öffne die Lifttür und trete ein.

Ich sehe, daß ich jetzt und plötzlich allein bin. Andere, die über Treppen steigen müssen, ermüden dabei ein wenig, müssen mit eilig atmenden Lungen warten, bis man die Tür der Wohnung öffnen kommt, haben dabei einen Grund für Ärger und Ungeduld, kommen jetzt ins Vorzimmer, wo sie den Hut aufhängen, und erst bis sie durch den Gang an einigen Glastüren vorbei in ihr eigenes Zimmer kommen, sind sie allein.

Ich aber bin gleich allein im Lift, und schaue, auf die Knie gestützt, in den schmalen Spiegel. Als der Lift sich zu heben anfängt, sage ich:

»Seid still, tretet zurück, wollt Ihr in den Schatten der Bäume, hinter die Draperien der Fenster, in das Laubengewölbe?«

Ich rede mit den Zähnen und die Treppengeländer gleiten an den Milchglasscheiben hinunter wie stürzendes Wasser.

»Flieget weg; Euere Flügel, die ich niemals gesehen habe, mögen Euch ins dörfliche Tal tragen oder nach Paris, wenn es Euch dorthin treibt.

Doch genießet die Aussicht des Fensters, wenn die Prozessionen aus allen drei Straßen kommen, einander nicht ausweichen, durcheinander gehn und zwischen ihren letzten Reihen den freien Platz wieder entstehen lassen. Winket mit den Tüchern, seid entsetzt, seid gerührt, lobet die schöne Dame, die vorüberfährt.

Geht über den Bach auf der hölzernen Brücke, nickt den badenden Kindern zu und staunet über das Hurra der tausend Matrosen auf dem fernen Panzerschiff.

Verfolget nur den unscheinbaren Mann und wenn Ihr ihn in einen Torweg gestoßen habt, beraubt ihn und seht ihm dann, jeder die Hände in den Taschen, nach, wie er traurig seines Weges in die linke Gasse geht.

Die verstreut auf ihren Pferden galoppierende Polizei bändigt die Tiere und drängt Euch zurück. Lasset sie, die leeren Gassen werden sie unglücklich machen, ich weiß es. Schon reiten sie, ich bitte, paarweise weg, langsam um die Straßenecken, fliegend über die Plätze.«

Dann muß ich aussteigen, den Aufzug hinunterlassen, an der Türglocke läuten, und das Mädchen öffnet die Tür, während ich grüße.

Zerstreutes Hinausschaun

Was werden wir in diesen Frühlingstagen tun, die jetzt
rasch kommen? Heute früh war der Himmel grau, geht man
aber jetzt zum Fenster, so ist man überrascht und lehnt die
Wange an die Klinke des Fensters.

Unten sieht man das Licht der freilich schon sinkenden
Sonne auf dem Gesicht des kindlichen Mädchens, das so
geht und sich umschaut, und zugleich sieht man den Schatten des Mannes darauf, der hinter ihm rascher kommt.

Dann ist der Mann schon vorübergegangen und das Gesicht des Kindes ist ganz hell.

Der Nachhauseweg

Man sehe die Überzeugungskraft der Luft nach dem Gewitter! Meine Verdienste erscheinen mir und überwältigen
mich, wenn ich mich auch nicht sträube.

Ich marschiere und mein Tempo ist das Tempo dieser
Gassenseite, dieser Gasse, dieses Viertels. Ich bin mit Recht
verantwortlich für alle Schläge gegen Türen, auf die Platten
der Tische, für alle Trinksprüche, für die Liebespaare in
ihren Betten, in den Gerüsten der Neubauten, in dunklen
Gassen an die Häusermauern gepreßt, auf den Ottomanen
der Bordelle.

Ich schätze meine Vergangenheit gegen meine Zukunft,
finde aber beide vortrefflich, kann keiner von beiden den
Vorzug geben und nur die Ungerechtigkeit der Vorsehung,
die mich so begünstigt, muß ich tadeln.

Nur als ich in mein Zimmer trete, bin ich ein wenig nachdenklich, aber ohne daß ich während des Treppensteigens
etwas Nachdenkenswertes gefunden hätte. Es hilft mir
nicht viel, daß ich das Fenster gänzlich öffne und daß in
einem Garten die Musik noch spielt.

Die Vorüberlaufenden

Wenn man in der Nacht durch eine Gasse spazieren geht, und ein Mann, von weitem schon sichtbar – denn die Gasse vor uns steigt an und es ist Vollmond – uns entgegenläuft, so werden wir ihn nicht anpacken, selbst wenn er schwach und zerlumpt ist, selbst wenn jemand hinter ihm läuft und schreit, sondern wir werden ihn weiter laufen lassen.

Denn es ist Nacht, und wir können nicht dafür, daß die Gasse im Vollmond vor uns aufsteigt, und überdies, vielleicht haben diese zwei die Hetze zu ihrer Unterhaltung veranstaltet, vielleicht verfolgen beide einen dritten, vielleicht wird der erste unschuldig verfolgt, vielleicht will der zweite morden, und wir würden Mitschuldige des Mordes, vielleicht wissen die zwei nichts von einander, und es läuft nur jeder auf eigene Verantwortung in sein Bett, vielleicht sind es Nachtwandler, vielleicht hat der erste Waffen.

Und endlich, dürfen wir nicht müde sein, haben wir nicht soviel Wein getrunken? Wir sind froh, daß wir auch den zweiten nicht mehr sehn.

Der Fahrgast

Ich stehe auf der Plattform des elektrischen Wagens und bin vollständig unsicher in Rücksicht meiner Stellung in dieser Welt, in dieser Stadt, in meiner Familie. Auch nicht beiläufig könnte ich angeben, welche Ansprüche ich in irgendeiner Richtung mit Recht vorbringen könnte. Ich kann es gar nicht verteidigen, daß ich auf dieser Plattform stehe, mich an dieser Schlinge halte, von diesem Wagen mich tragen lasse, daß Leute dem Wagen ausweichen oder still gehn oder vor den Schaufenstern ruhn. – Niemand verlangt es ja von mir, aber das ist gleichgültig.

Der Wagen nähert sich einer Haltestelle, ein Mädchen stellt sich nahe den Stufen, zum Aussteigen bereit. Sie er-

scheint mir so deutlich, als ob ich sie betastet hätte. Sie ist
schwarz gekleidet, die Rockfalten bewegen sich fast nicht,
die Bluse ist knapp und hat einen Kragen aus weißer klein-
maschiger Spitze, die linke Hand hält sie flach an die Wand,
der Schirm in ihrer Rechten steht auf der zweitobersten
Stufe. Ihr Gesicht ist braun, die Nase, an den Seiten
schwach gepreßt, schließt rund und breit ab. Sie hat viel
braunes Haar und verwehte Härchen an der rechten Schläfe.
Ihr kleines Ohr liegt eng an, doch sehe ich, da ich nahe
stehe, den ganzen Rücken der rechten Ohrmuschel und den
Schatten an der Wurzel.

Ich fragte mich damals: Wieso kommt es, daß sie nicht
über sich verwundert ist, daß sie den Mund geschlossen hält
und nichts dergleichen sagt?

Kleider

Oft wenn ich Kleider mit vielfachen Falten, Rüschen und
Behängen sehe, die über schönen Körper schön sich legen,
dann denke ich, daß sie nicht lange so erhalten bleiben, son-
dern Falten bekommen, nicht mehr gerade zu glätten, Staub
bekommen, der, dick in der Verzierung, nicht mehr zu ent-
fernen ist, und daß niemand so traurig und lächerlich sich
wird machen wollen, täglich das gleiche kostbare Kleid früh
anzulegen und abends auszuziehn.

Doch sehe ich Mädchen, die wohl schön sind und viel-
fache reizende Muskeln und Knöchelchen und gespannte
Haut und Massen dünner Haare zeigen, und doch tagtäg-
lich in diesem einen natürlichen Maskenanzug erscheinen,
immer das gleiche Gesicht in die gleichen Handflächen le-
gen und von ihrem Spiegel widerscheinen lassen.

Nur manchmal am Abend, wenn sie spät von einem Feste
kommen, scheint es ihnen im Spiegel abgenützt, gedunsen,
verstaubt, von allen schon gesehn und kaum mehr tragbar.

Die Abweisung

Wenn ich einem schönen Mädchen begegne und sie bitte:
»Sei so gut, komm mit mir« und sie stumm vorübergeht, so
meint sie damit:

»Du bist kein Herzog mit fliegendem Namen, kein breiter Amerikaner mit indianischem Wuchs, mit wagrecht ruhenden Augen, mit einer von der Luft der Rasenplätze und
der sie durchströmenden Flüsse massierten Haut, Du hast
keine Reisen gemacht zu den großen Seen und auf ihnen,
die ich weiß nicht wo zu finden sind. Also ich bitte, warum
soll ich, ein schönes Mädchen, mit Dir gehn?«

»Du vergißt, Dich trägt kein Automobil in langen Stößen
schaukelnd durch die Gasse; ich sehe nicht die in ihre Kleider gepreßten Herren Deines Gefolges, die Segensprüche
für Dich murmelnd in genauem Halbkreis hinter Dir gehn;
Deine Brüste sind im Mieder gut geordnet, aber Deine
Schenkel und Hüften entschädigen sich für jene Enthaltsamkeit; Du trägst ein Taffetkleid mit plissierten Falten, wie
es im vorigen Herbste uns durchaus allen Freude machte,
und doch lächelst Du – diese Lebensgefahr auf dem Leibe –
bisweilen.«

»Ja, wir haben beide recht und, um uns dessen nicht unwiderleglich bewußt zu werden, wollen wir, nicht wahr, lieber jeder allein nach Hause gehn.«

Zum Nachdenken für Herrenreiter

Nichts, wenn man es überlegt, kann dazu verlocken, in
einem Wettrennen der erste sein zu wollen.

Der Ruhm, als der beste Reiter eines Landes anerkannt
zu werden, freut beim Losgehn des Orchesters zu stark, als
daß sich am Morgen danach die Reue verhindern ließe.

Der Neid der Gegner, listiger, ziemlich einflußreicher
Leute, muß uns in dem engen Spalier schmerzen, das wir

nun durchreiten nach jener Ebene, die bald vor uns leer war
bis auf einige überrundete Reiter, die klein gegen den Rand
des Horizonts anritten.

Viele unserer Freunde eilen den Gewinn zu beheben und
nur über die Schultern weg schreien sie von den entlegenen
Schaltern ihr Hurra zu uns; die besten Freunde aber haben
gar nicht auf unser Pferd gesetzt, da sie fürchteten, käme es
zum Verluste, müßten sie uns böse sein, nun aber, da unser
Pferd das erste war und sie nichts gewonnen haben, drehn
sie sich um, wenn wir vorüberkommen und schauen lieber
die Tribünen entlang.

Die Konkurrenten rückwärts, fest im Sattel, suchen das
Unglück zu überblicken, das sie getroffen hat, und das Un-
recht, das ihnen irgendwie zugefügt wird; sie nehmen ein
frisches Aussehen an, als müsse ein neues Rennen anfangen
und ein ernsthaftes nach diesem Kinderspiel.

Vielen Damen scheint der Sieger lächerlich, weil er sich
aufbläht und doch nicht weiß, was anzufangen mit dem
ewigen Händeschütteln, Salutieren, Sich-Niederbeugen und
In-die-Ferne-Grüßen, während die Besiegten den Mund
geschlossen haben und die Hälse ihrer meist wiehernden
Pferde leichthin klopfen.

Endlich fängt es gar aus dem trüb gewordenen Himmel
zu regnen an.

Das Gassenfenster

Wer verlassen lebt und sich doch hie und da irgendwo an-
schließen möchte, wer mit Rücksicht auf die Veränderungen
der Tageszeit, der Witterung, der Berufsverhältnisse und
dergleichen ohne weiteres irgend einen beliebigen Arm se-
hen will, an dem er sich halten könnte, — der wird es ohne
ein Gassenfenster nicht lange treiben. Und steht es mit ihm
so, daß er gar nichts sucht und nur als müder Mann, die Au-
gen auf und ab zwischen Publikum und Himmel, an seine

Fensterbrüstung tritt, und er will nicht und hat ein wenig
den Kopf zurückgeneigt, so reißen ihn doch unten die
Pferde mit in ihr Gefolge von Wagen und Lärm und damit
endlich der menschlichen Eintracht zu.

Wunsch, Indianer zu werden

Wenn man doch ein Indianer wäre, gleich bereit, und auf
dem rennenden Pferde, schief in der Luft, immer wieder
kurz erzitterte über dem zitternden Boden, bis man die
Sporen ließ, denn es gab keine Sporen, bis man die Zü-
gel wegwarf, denn es gab keine Zügel, und kaum das Land
vor sich als glatt gemähte Heide sah, schon ohne Pferdehals
und Pferdekopf.

Die Bäume

Denn wir sind wie Baumstämme im Schnee. Scheinbar lie-
gen sie glatt auf, und mit kleinem Anstoß sollte man sie
wegschieben können. Nein, das kann man nicht, denn sie
sind fest mit dem Boden verbunden. Aber sieh, sogar das
ist nur scheinbar.

Unglücklichsein

Als es schon unerträglich geworden war – einmal gegen
Abend im November – und ich über den schmalen Teppich
meines Zimmers wie in einer Rennbahn einherlief, durch
den Anblick der beleuchteten Gasse erschreckt, wieder
wendete, und in der Tiefe des Zimmers, im Grund des Spie-
gels doch wieder ein neues Ziel bekam, und aufschrie, um
nur den Schrei zu hören, dem nichts antwortet und dem
auch nichts die Kraft des Schreiens nimmt, der also auf-

steigt, ohne Gegengewicht, und nicht aufhören kann, selbst
wenn er verstummt, da öffnete sich aus der Wand heraus die
Tür, so eilig, weil doch Eile nötig war und selbst die Wagen-
pferde unten auf dem Pflaster wie wildgewordene Pferde in
der Schlacht, die Gurgeln preisgegeben, sich erhoben.

Als kleines Gespenst fuhr ein Kind aus dem ganz dunk-
len Korridor, in dem die Lampe noch nicht brannte, und
blieb auf den Fußspitzen stehn, auf einem unmerklich
schaukelnden Fußbodenbalken. Von der Dämmerung des
Zimmers gleich geblendet, wollte es mit dem Gesicht rasch
in seine Hände, beruhigte sich aber unversehens mit dem
Blick zum Fenster, vor dessen Kreuz der hochgetriebene
Dunst der Straßenbeleuchtung endlich unter dem Dunkel
liegen blieb. Mit dem rechten Ellbogen hielt es sich vor der
offenen Tür aufrecht an der Zimmerwand und ließ den
Luftzug von draußen um die Gelenke der Füße streichen,
auch den Hals, auch die Schläfen entlang.

Ich sah ein wenig hin, dann sagte ich »Guten Tag« und
nahm meinen Rock vom Ofenschirm, weil ich nicht so halb
nackt dastehen wollte. Ein Weilchen lang hielt ich den
Mund offen, damit mich die Aufregung durch den Mund
verlasse. Ich hatte schlechten Speichel in mir, im Gesicht zit-
terten mir die Augenwimpern, kurz, es fehlte mir nichts, als
gerade dieser allerdings erwartete Besuch.

Das Kind stand noch an der Wand auf dem gleichen
Platz, es hatte die rechte Hand an die Mauer gepreßt und
konnte, ganz rotwangig, dessen nicht satt werden, daß die
weißgetünchte Wand grobkörnig war und die Fingerspitzen
rieb. Ich sagte: »Wollen Sie tatsächlich zu mir? Ist es kein
Irrtum? Nichts leichter als ein Irrtum in diesem großen
Hause. Ich heiße Soundso, wohne im dritten Stock. Bin ich
also der, den Sie besuchen wollen?«

»Ruhe, Ruhe!« sagte das Kind über die Schulter weg,
»alles ist schon richtig.«

»Dann kommen Sie weiter ins Zimmer herein, ich möchte
die Tür schließen.«

»Die Tür habe ich jetzt gerade geschlossen. Machen Sie sich keine Mühe. Beruhigen Sie sich überhaupt.«

»Reden Sie nicht von Mühe. Aber auf diesem Gange wohnt eine Menge Leute, alle sind natürlich meine Bekannten; die meisten kommen jetzt aus den Geschäften; wenn sie in einem Zimmer reden hören, glauben sie einfach das Recht zu haben, aufzumachen und nachzuschaun, was los ist. Es ist einmal schon so. Diese Leute haben die tägliche Arbeit hinter sich; wem würden sie sich in der provisorischen Abendfreiheit unterwerfen! Übrigens wissen Sie es ja auch. Lassen Sie mich die Türe schließen.«

»Ja was ist denn? Was haben Sie? Meinetwegen kann das ganze Haus hereinkommen. Und dann noch einmal: Ich habe die Türe schon geschlossen, glauben Sie denn, nur Sie können die Türe schließen? Ich habe sogar mit dem Schlüssel zugesperrt.«

»Dann ist gut. Mehr will ich ja nicht. Mit dem Schlüssel hätten Sie gar nicht zusperren müssen. Und jetzt machen Sie es sich nur behaglich, wenn Sie schon einmal da sind. Sie sind mein Gast. Vertrauen Sie mir völlig. Machen Sie sich nur breit ohne Angst. Ich werde Sie weder zum Hierbleiben zwingen, noch zum Weggehn. Muß ich das erst sagen? Kennen Sie mich so schlecht?«

»Nein. Sie hätten das wirklich nicht sagen müssen. Noch mehr, Sie hätten es gar nicht sagen sollen. Ich bin ein Kind; warum soviel Umstände mit mir machen?«

»So schlimm ist es nicht. Natürlich, ein Kind. Aber gar so klein sind Sie nicht. Sie sind schon ganz erwachsen. Wenn Sie ein Mädchen wären, dürften Sie sich nicht so einfach mit mir in einem Zimmer einsperren.«

»Darüber müssen wir uns keine Sorge machen. Ich wollte nur sagen: Daß ich Sie so gut kenne, schützt mich wenig, es enthebt Sie nur der Anstrengung, mir etwas vorzulügen. Trotzdem aber machen Sie mir Komplimente. Lassen Sie das, ich fordere Sie auf, lassen Sie das. Dazu kommt, daß ich Sie nicht überall und immerfort kenne, gar bei dieser Finsternis. Es wäre viel besser, wenn Sie Licht machen ließen. Nein, lieber nicht. Immerhin werde ich mir merken, daß Sie mir schon gedroht haben.«

»Wie? Ich hätte Ihnen gedroht? Aber ich bitte Sie. Ich bin ja so froh, daß Sie endlich hier sind. Ich sage ›endlich‹, weil es schon so spät ist. Es ist mir unbegreiflich, warum Sie so spät gekommen sind. Da ist es möglich, daß ich in der Freude so durcheinander gesprochen habe und daß Sie es gerade so verstanden haben. Daß ich so gesprochen habe, gebe ich zehnmal zu, ja ich habe Ihnen mit Allem gedroht, was Sie wollen. – Nur keinen Streit, um Himmelswillen! – Aber wie konnten Sie es glauben? Wie konnten Sie mich so kränken? Warum wollen Sie mir mit aller Gewalt dieses kleine Weilchen Ihres Hierseins verderben? Ein fremder Mensch wäre entgegenkommender als Sie.«

»Das glaube ich; das war keine Weisheit. So nah, als Ihnen ein fremder Mensch entgegenkommen kann, bin ich Ihnen schon von Natur aus. Das wissen Sie auch, wozu also die Wehmut? Sagen Sie, daß Sie Komödie spielen wollen, und ich gehe augenblicklich.«

»So? Auch das wagen Sie mir zu sagen? Sie sind ein wenig zu kühn. Am Ende sind Sie doch in meinem Zimmer. Sie reiben Ihre Finger wie verrückt an meiner Wand. Mein Zimmer, meine Wand! Und außerdem ist das, was Sie sagen, lächerlich, nicht nur frech. Sie sagen, Ihre Natur zwinge Sie, mit mir in dieser Weise zu reden. Wirklich? Ihre Natur zwingt Sie? Das ist nett von Ihrer Natur. Ihre Natur ist meine, und wenn ich mich von Natur aus freundlich zu Ihnen verhalte, so dürfen auch Sie nicht anders.«

»Ist das freundlich?«

»Ich rede von früher.«

»Wissen Sie, wie ich später sein werde?«

»Nichts weiß ich.«

Und ich ging zum Nachttisch hin, auf dem ich die Kerze anzündete. Ich hatte in jener Zeit weder Gas noch elektrisches Licht in meinem Zimmer. Ich saß dann noch eine

Weile beim Tisch, bis ich auch dessen müde wurde, den Überzieher anzog, den Hut vom Kanapee nahm und die Kerze ausblies. Beim Hinausgehen verfing ich mich in ein Sesselbein.

Auf der Treppe traf ich einen Mieter aus dem gleichen Stockwerk.

»Sie gehen schon wieder weg, Sie Lump?« fragte er, auf seinen über zwei Stufen ausgebreiteten Beinen ausruhend.

»Was soll ich machen?« sagte ich, »jetzt habe ich ein Gespenst im Zimmer gehabt.«

»Sie sagen das mit der gleichen Unzufriedenheit, wie wenn Sie ein Haar in der Suppe gefunden hätten.«

»Sie spaßen. Aber merken Sie sich, ein Gespenst ist ein Gespenst.«

»Sehr wahr. Aber wie, wenn man überhaupt nicht an Gespenster glaubt?«

»Ja meinen Sie denn, ich glaube an Gespenster? Was hilft mir aber dieses Nichtglauben?«

»Sehr einfach. Sie müssen eben keine Angst mehr haben, wenn ein Gespenst wirklich zu Ihnen kommt.«

»Ja, aber das ist doch die nebensächliche Angst. Die eigentliche Angst ist die Angst vor der Ursache der Erscheinung. Und diese Angst bleibt. Die habe ich geradezu großartig in mir.« Ich fing vor Nervosität an, alle meine Taschen zu durchsuchen.

»Da Sie aber vor der Erscheinung selbst keine Angst hatten, hätten Sie sie doch ruhig nach ihrer Ursache fragen können!«

»Sie haben offenbar noch nie mit Gespenstern gesprochen. Aus denen kann man ja niemals eine klare Auskunft bekommen. Das ist ein Hinundher. Diese Gespenster scheinen über ihre Existenz mehr im Zweifel zu sein, als wir, was übrigens bei ihrer Hinfälligkeit kein Wunder ist.«

»Ich habe aber gehört, daß man sie auffüttern kann.«

»Da sind Sie gut berichtet. Das kann man. Aber wer wird das machen?«

»Warum nicht? Wenn es ein weibliches Gespenst ist z. B.«, sagte er und schwang sich auf die obere Stufe.

»Ach so«, sagte ich, »aber selbst dann steht es nicht dafür.«

Ich besann mich. Mein Bekannter war schon so hoch, daß er sich, um mich zu sehen, unter einer Wölbung des Treppenhauses vorbeugen mußte. »Aber trotzdem«, rief ich, »wenn Sie mir dort oben mein Gespenst wegnehmen, dann ist es zwischen uns aus, für immer.«

»Aber das war ja nur Spaß«, sagte er und zog den Kopf zurück.

»Dann ist es gut«, sagte ich und hätte jetzt eigentlich ruhig spazieren gehen können. Aber weil ich mich gar so verlassen fühlte, ging ich lieber hinauf und legte mich schlafen.

Das Urteil

Eine Geschichte

Für F.

Es war an einem Sonntagvormittag im schönsten Frühjahr. Georg Bendemann, ein junger Kaufmann, saß in seinem Privatzimmer im ersten Stock eines der niedrigen, leichtgebauten Häuser, die entlang des Flusses in einer langen Reihe, fast nur in der Höhe und Färbung unterschieden, sich hinzogen. Er hatte gerade einen Brief an einen sich im Ausland befindenden Jugendfreund beendet, verschloß ihn in spielerischer Langsamkeit und sah dann, den Ellbogen auf den Schreibtisch gestützt, aus dem Fenster auf den Fluß, die Brücke und die Anhöhen am anderen Ufer mit ihrem schwachen Grün.

Er dachte darüber nach, wie dieser Freund, mit seinem Fortkommen zu Hause unzufrieden, vor Jahren schon nach Rußland sich förmlich geflüchtet hatte. Nun betrieb er ein Geschäft in Petersburg, das anfangs sich sehr gut angelassen hatte, seit langem aber schon zu stocken schien, wie der Freund bei seinen immer seltener werdenden Besuchen klagte. So arbeitete er sich in der Fremde nutzlos ab, der fremdartige Vollbart verdeckte nur schlecht das seit den Kinderjahren wohlbekannte Gesicht, dessen gelbe Hautfarbe auf eine sich entwickelnde Krankheit hinzudeuten schien. Wie er erzählte, hatte er keine rechte Verbindung mit der dortigen Kolonie seiner Landsleute, aber auch fast keinen gesellschaftlichen Verkehr mit einheimischen Familien und richtete sich so für ein endgültiges Junggesellentum ein.

Was sollte man einem solchen Manne schreiben, der sich offenbar verrannt hatte, den man bedauern, dem man aber nicht helfen konnte. Sollte man ihm vielleicht raten, wieder nach Hause zu kommen, seine Existenz hierher zu verlegen, alle die alten freundschaftlichen Beziehungen wieder aufzunehmen – wofür ja kein Hindernis bestand – und im übrigen auf die Hilfe der Freunde zu vertrauen? Das bedeutete aber nichts anderes, als daß man ihm gleichzeitig, je schonender, desto kränkender, sagte, daß seine bisherigen Versuche mißlungen seien, daß er endlich von ihnen ablassen solle, daß er zurückkehren und sich als ein für immer Zurückgekehrter von allen mit großen Augen anstaunen lassen müsse, daß nur seine Freunde etwas verstünden und daß er ein altes Kind sei, das den erfolgreichen, zu Hause gebliebenen Freunden einfach zu folgen habe. Und war es dann noch sicher, daß alle die Plage, die man ihm antun müßte, einen Zweck hätte? Vielleicht gelang es nicht einmal, ihn überhaupt nach Hause zu bringen – er sagte ja selbst, daß er die Verhältnisse in der Heimat nicht mehr verstünde –, und so bliebe er dann trotz allem in seiner Fremde, verbittert durch die Ratschläge und den Freunden noch ein Stück mehr entfremdet. Folgte er aber wirklich dem Rat und würde hier – natürlich nicht mit Absicht, aber durch die Tatsachen – niedergedrückt, fände sich nicht in seinen Freunden und nicht ohne sie zurecht, litte an Beschämung, hätte jetzt wirklich keine Heimat und keine Freunde mehr, war es da nicht viel besser für ihn, er blieb in der Fremde, so wie er war? Konnte man denn bei solchen Umständen daran denken, daß er es hier tatsächlich vorwärts bringen würde?

Aus diesen Gründen konnte man ihm, wenn man noch überhaupt die briefliche Verbindung aufrecht erhalten wollte, keine eigentlichen Mitteilungen machen, wie man sie ohne Scheu auch den entferntesten Bekannten machen würde. Der Freund war nun schon über drei Jahre nicht in der Heimat gewesen und erklärte dies sehr notdürftig mit der Unsicherheit der politischen Verhältnisse in Rußland, die demnach also auch die kürzeste Abwesenheit eines kleinen Geschäftsmannes nicht zuließen, während hunderttausende Russen ruhig in der Welt herumfuhren. Im Laufe dieser drei Jahre hatte sich aber gerade für Georg vieles verändert. Von dem Todesfall von Georgs Mutter, der vor etwa zwei Jahren erfolgt war und seit welchem Georg mit seinem alten Vater in gemeinsamer Wirtschaft lebte, hatte der Freund wohl noch erfahren und sein Beileid in einem Brief mit einer Trockenheit ausgedrückt, die ihren Grund nur darin haben konnte, daß die Trauer über ein solches Ereignis in der Fremde ganz unvorstellbar wird. Nun hatte aber Georg seit jener Zeit, so wie alles andere, auch sein Geschäft mit größerer Entschlossenheit angepackt. Vielleicht hatte ihn der Vater bei Lebzeiten der Mutter dadurch, daß er im Geschäft nur seine Ansicht gelten lassen wollte, an einer wirklichen eigenen Tätigkeit gehindert, vielleicht war der Vater seit dem Tode der Mutter, trotzdem er noch immer im Geschäft arbeitete, zurückhaltender geworden, vielleicht spielten – was sogar sehr wahrscheinlich war – glückliche Zufälle eine weit wichtigere Rolle, jedenfalls aber hatte sich das Geschäft in diesen zwei Jahren ganz unerwartet entwickelt, das Personal hatte man verdoppeln müssen, der Umsatz hatte sich verfünffacht, ein weiterer Fortschritt stand zweifellos bevor.

Der Freund aber hatte keine Ahnung von dieser Veränderung. Früher, zum letztenmal vielleicht in jenem Beileidsbrief, hatte er Georg zur Auswanderung nach Rußland überreden wollen und sich über die Aussichten verbreitet, die gerade für Georgs Geschäftszweig in Petersburg bestanden. Die Ziffern waren verschwindend gegenüber dem Umfang, den Georgs Geschäft jetzt angenommen hatte. Georg aber hatte keine Lust gehabt, dem Freund von seinen geschäftlichen Erfolgen zu schreiben, und hätte er es jetzt nachträglich getan, es hätte wirklich einen merkwürdigen Anschein gehabt.

So beschränkte sich Georg darauf, dem Freund immer nur über bedeutungslose Vorfälle zu schreiben, wie sie sich, wenn man an einem ruhigen Sonntag nachdenkt, in der Erinnerung ungeordnet aufhäufen. Er wollte nichts anderes,

als die Vorstellung ungestört lassen, die sich der Freund von
der Heimatstadt in der langen Zwischenzeit wohl gemacht
und mit welcher er sich abgefunden hatte. So geschah es
Georg, daß er dem Freund die Verlobung eines gleichgül-
tigen Menschen mit einem ebenso gleichgültigen Mädchen
dreimal in ziemlich weit auseinanderliegenden Briefen an-
zeigte, bis sich dann allerdings der Freund, ganz gegen
Georgs Absicht, für diese Merkwürdigkeit zu interessieren
begann.

Georg schrieb ihm aber solche Dinge viel lieber, als daß
er zugestanden hätte, daß er selbst vor einem Monat mit
einem Fräulein Frieda Brandenfeld, einem Mädchen aus
wohlhabender Familie, sich verlobt hatte. Oft sprach er mit
seiner Braut über diesen Freund und das besondere Korre-
spondenzverhältnis, in welchem er zu ihm stand. »Er wird
also gar nicht zu unserer Hochzeit kommen«, sagte sie,
»und ich habe doch das Recht, alle deine Freunde kennen zu
lernen.« »Ich will ihn nicht stören«, antwortete Georg,
»verstehe mich recht, er würde wahrscheinlich kommen,
wenigstens glaube ich es, aber er würde sich gezwungen
und geschädigt fühlen, vielleicht mich beneiden und sicher
unzufrieden und unfähig, diese Unzufriedenheit jemals zu
beseitigen, allein wieder zurückfahren. Allein – weißt du,
was das ist?« »Ja, kann er denn von unserer Heirat nicht
auch auf andere Weise erfahren?« »Das kann ich allerdings
nicht verhindern, aber es ist bei seiner Lebensweise un-
wahrscheinlich.« »Wenn du solche Freunde hast, Georg,
hättest du dich überhaupt nicht verloben sollen.« »Ja, das ist
unser beider Schuld; aber ich wollte es auch jetzt nicht an-
ders haben.« Und wenn sie dann, rasch atmend unter seinen
Küssen, noch vorbrachte: »Eigentlich kränkt es mich doch«,
hielt er es wirklich für unverfänglich, dem Freund alles zu
schreiben. »So bin ich und so hat er mich hinzunehmen«,
sagte er sich, »ich kann nicht aus mir einen Menschen her-
ausschneiden, der vielleicht für die Freundschaft mit ihm
geeigneter wäre, als ich es bin.«

Und tatsächlich berichtete er seinem Freunde in dem langen Brief, den er an diesem Sonntagvormittag schrieb, die erfolgte Verlobung mit folgenden Worten: »Die beste Neuigkeit habe ich mir bis zum Schluß aufgespart. Ich habe mich mit einem Fräulein Frieda Brandenfeld verlobt, einem Mädchen aus einer wohlhabenden Familie, die sich hier erst lange nach Deiner Abreise angesiedelt hat, die Du also kaum kennen dürftest. Es wird sich noch Gelegenheit finden, Dir Näheres über meine Braut mitzuteilen, heute genüge Dir, daß ich recht glücklich bin und daß sich in unserem gegenseitigen Verhältnis nur insofern etwas geändert hat, als Du jetzt in mir statt eines ganz gewöhnlichen Freundes einen glücklichen Freund haben wirst. Außerdem bekommst Du in meiner Braut, die Dich herzlich grüßen läßt, und die Dir nächstens selbst schreiben wird, eine aufrichtige Freundin, was für einen Junggesellen nicht ganz ohne Bedeutung ist. Ich weiß, es hält Dich vielerlei von einem Besuche bei uns zurück, wäre aber nicht gerade meine Hochzeit die richtige Gelegenheit, einmal alle Hindernisse über den Haufen zu werfen? Aber wie dies auch sein mag, handle ohne alle Rücksicht und nur nach Deiner Wohlmeinung.«

Mit diesem Brief in der Hand war Georg lange, das Gesicht dem Fenster zugekehrt, an seinem Schreibtisch gesessen. Einem Bekannten, der ihn im Vorübergehen von der Gasse aus gegrüßt hatte, hatte er kaum mit einem abwesenden Lächeln geantwortet.

Endlich steckte er den Brief in die Tasche und ging aus seinem Zimmer quer durch einen kleinen Gang in das Zimmer seines Vaters, in dem er schon seit Monaten nicht gewesen war. Es bestand auch sonst keine Nötigung dazu, denn er verkehrte mit seinem Vater ständig im Geschäft, das Mittagessen nahmen sie gleichzeitig in einem Speisehaus ein, abends versorgte sich zwar jeder nach Belieben, doch saßen sie dann meistens, wenn nicht Georg, wie es am häufigsten geschah, mit Freunden beisammen war oder jetzt seine

Braut besuchte, noch ein Weilchen, jeder mit seiner Zeitung, im gemeinsamen Wohnzimmer.

Georg staunte darüber, wie dunkel das Zimmer des Vaters selbst an diesem sonnigen Vormittag war. Einen solchen Schatten warf also die hohe Mauer, die sich jenseits des schmalen Hofes erhob. Der Vater saß beim Fenster in einer Ecke, die mit verschiedenen Andenken an die selige Mutter ausgeschmückt war, und las die Zeitung, die er seitlich vor die Augen hielt, wodurch er irgendeine Augenschwäche auszugleichen suchte. Auf dem Tisch standen die Reste des Frühstücks, von dem nicht viel verzehrt zu sein schien.

»Ah, Georg!« sagte der Vater und ging ihm gleich entgegen. Sein schwerer Schlafrock öffnete sich im Gehen, die Enden umflatterten ihn – »mein Vater ist noch immer ein Riese«, sagte sich Georg.

»Hier ist es ja unerträglich dunkel«, sagte er dann.

»Ja, dunkel ist es schon«, antwortete der Vater.

»Das Fenster hast du auch geschlossen?«

»Ich habe es lieber so.«

»Es ist ja ganz warm draußen«, sagte Georg, wie im Nachhang zu dem Früheren, und setzte sich.

Der Vater räumte das Frühstücksgeschirr ab und stellte es auf einen Kasten.

»Ich wollte dir eigentlich nur sagen«, fuhr Georg fort, der den Bewegungen des alten Mannes ganz verloren folgte, »daß ich nun doch nach Petersburg meine Verlobung angezeigt habe.« Er zog den Brief ein wenig aus der Tasche und ließ ihn wieder zurückfallen.

»Nach Petersburg?« fragte der Vater.

»Meinem Freunde doch«, sagte Georg und suchte des Vaters Augen. – »Im Geschäft ist er doch ganz anders«, dachte er, »wie er hier breit sitzt und die Arme über der Brust kreuzt.«

»Ja. Deinem Freunde«, sagte der Vater mit Betonung.

»Du weißt doch, Vater, daß ich ihm meine Verlobung zuerst verschweigen wollte. Aus Rücksichtnahme, aus keinem anderen Grunde sonst. Du weißt selbst, er ist ein schwieriger Mensch. Ich sagte mir, von anderer Seite kann er von meiner Verlobung wohl erfahren, wenn das auch bei seiner einsamen Lebensweise kaum wahrscheinlich ist – das kann ich nicht hindern –, aber von mir selbst soll er es nun einmal nicht erfahren.«

»Und jetzt hast du es dir wieder anders überlegt?« fragte der Vater, legte die große Zeitung auf den Fensterbord und auf die Zeitung die Brille, die er mit der Hand bedeckte.

»Ja, jetzt habe ich es mir wieder überlegt. Wenn er mein guter Freund ist, sagte ich mir, dann ist meine glückliche Verlobung auch für ihn ein Glück. Und deshalb habe ich nicht mehr gezögert, es ihm anzuzeigen. Ehe ich jedoch den Brief einwarf, wollte ich es dir sagen.«

»Georg«, sagte der Vater und zog den zahnlosen Mund in die Breite, »hör' einmal! Du bist wegen dieser Sache zu mir gekommen, um dich mit mir zu beraten. Das ehrt dich ohne Zweifel. Aber es ist nichts, es ist ärger als nichts, wenn du mir jetzt nicht die volle Wahrheit sagst. Ich will nicht Dinge aufrühren, die nicht hierher gehören. Seit dem Tode unserer teuren Mutter sind gewisse unschöne Dinge vorgegangen. Vielleicht kommt auch für sie die Zeit und vielleicht kommt sie früher, als wir denken. Im Geschäft entgeht mir manches, es wird mir vielleicht nicht verborgen – ich will jetzt gar nicht die Annahme machen, daß es mir verborgen wird –, ich bin nicht mehr kräftig genug, mein Gedächtnis läßt nach, ich habe nicht mehr den Blick für alle die vielen Sachen. Das ist erstens der Ablauf der Natur, und zweitens hat mich der Tod unseres Mütterchens viel mehr niedergeschlagen als dich. – Aber weil wir gerade bei dieser Sache halten, bei diesem Brief, so bitte ich dich, Georg, täusche mich nicht. Es ist eine Kleinigkeit, es ist nicht des Atems wert, also täusche mich nicht. Hast du wirklich diesen Freund in Petersburg?«

Georg stand verlegen auf. »Lassen wir meine Freunde

sein. Tausend Freunde ersetzen mir nicht meinen Vater. Weißt du, was ich glaube? Du schonst dich nicht genug. Aber das Alter verlangt seine Rechte. Du bist mir im Geschäft unentbehrlich, das weißt du ja sehr genau, aber wenn das Geschäft deine Gesundheit bedrohen sollte, sperre ich es noch morgen für immer. Das geht nicht. Wir müssen da eine andere Lebensweise für dich einführen. Aber von Grund aus. Du sitzt hier im Dunkel, und im Wohnzimmer hättest du schönes Licht. Du nippst vom Frühstück, statt dich ordentlich zu stärken. Du sitzt bei geschlossenem Fenster, und die Luft würde dir so gut tun. Nein, mein Vater! Ich werde den Arzt holen und seinen Vorschriften werden wir folgen. Die Zimmer werden wir wechseln, du wirst ins Vorderzimmer ziehen, ich hierher. Es wird keine Veränderung für dich sein, alles wird mit übertragen werden. Aber das alles hat Zeit, jetzt lege dich noch ein wenig ins Bett, du brauchst unbedingt Ruhe. Komm, ich werde dir beim Ausziehn helfen, du wirst sehn, ich kann es. Oder willst du gleich ins Vorderzimmer gehn, dann legst du dich vorläufig in mein Bett. Das wäre übrigens sehr vernünftig.«

Georg stand knapp neben seinem Vater, der den Kopf mit dem struppigen weißen Haar auf die Brust hatte sinken lassen.

»Georg«, sagte der Vater leise, ohne Bewegung.

Georg kniete sofort neben dem Vater nieder, er sah die Pupillen in dem müden Gesicht des Vaters übergroß in den Winkeln der Augen auf sich gerichtet.

»Du hast keinen Freund in Petersburg. Du bist immer ein Spaßmacher gewesen und hast dich auch mir gegenüber nicht zurückgehalten. Wie solltest du denn gerade dort einen Freund haben! Das kann ich gar nicht glauben.«

»Denk doch noch einmal nach, Vater«, sagte Georg, hob den Vater vom Sessel und zog ihm, wie er nun doch recht schwach dastand, den Schlafrock aus, »jetzt wird es bald drei Jahre her sein, da war ja mein Freund bei uns zu Besuch. Ich erinnere mich noch, daß du ihn nicht besonders

gern hattest. Wenigstens zweimal habe ich ihn vor dir ver-
leugnet, trotzdem er gerade bei mir im Zimmer saß. Ich
konnte ja deine Abneigung gegen ihn ganz gut verstehn,
mein Freund hat seine Eigentümlichkeiten. Aber dann hast
du dich doch auch wieder ganz gut mit ihm unterhalten. Ich
war damals noch so stolz darauf, daß du ihm zuhörtest,
nicktest und fragtest. Wenn du nachdenkst, mußt du dich
erinnern. Er erzählte damals unglaubliche Geschichten von
der russischen Revolution. Wie er z. B. auf einer Geschäfts-
reise in Kiew bei einem Tumult einen Geistlichen auf einem
Balkon gesehen hatte, der sich ein breites Blutkreuz in die
flache Hand schnitt, diese Hand erhob und die Menge an-
rief. Du hast ja selbst diese Geschichte hie und da wiederer-
zählt.«

Währenddessen war es Georg gelungen, den Vater wieder
niederzusetzen und ihm die Trikothose, die er über den
Leinenunterhosen trug, sowie die Socken vorsichtig auszu-
ziehn. Beim Anblick der nicht besonders reinen Wäsche
machte er sich Vorwürfe, den Vater vernachlässigt zu haben.
Es wäre sicherlich auch seine Pflicht gewesen, über den
Wäschewechsel seines Vaters zu wachen. Er hatte mit seiner
Braut darüber, wie sie die Zukunft des Vaters einrichten
wollten, noch nicht ausdrücklich gesprochen, denn sie hat-
ten stillschweigend vorausgesetzt, daß der Vater allein in
der alten Wohnung bleiben würde. Doch jetzt entschloß er
sich kurz mit aller Bestimmtheit, den Vater in seinen künfti-
gen Haushalt mitzunehmen. Es schien ja fast, wenn man ge-
nauer zusah, daß die Pflege, die dort dem Vater bereitet
werden sollte, zu spät kommen könnte.

Auf seinen Armen trug er den Vater ins Bett. Ein schreck-
liches Gefühl hatte er, als er während der paar Schritte zum
Bett hin merkte, daß an seiner Brust der Vater mit seiner
Uhrkette spiele. Er konnte ihn nicht gleich ins Bett legen, so
fest hielt er sich an dieser Uhrkette.

Kaum war er aber im Bett, schien alles gut. Er deckte sich
selbst zu und zog dann die Bettdecke noch besonders weit

über die Schulter. Er sah nicht unfreundlich zu Georg hin-
auf.

»Nicht wahr, du erinnerst dich schon an ihn?« fragte Ge-
org und nickte ihm aufmunternd zu.

»Bin ich jetzt gut zugedeckt?« fragte der Vater, als könne
er nicht nachschauen, ob die Füße genug bedeckt seien.

»Es gefällt dir also schon im Bett«, sagte Georg und legte
das Deckzeug besser um ihn.

»Bin ich gut zugedeckt?« fragte der Vater noch einmal
und schien auf die Antwort besonders aufzupassen.

»Sei nur ruhig, du bist gut zugedeckt.«

»Nein!« rief der Vater, daß die Antwort an die Frage
stieß, warf die Decke zurück mit einer Kraft, daß sie einen
Augenblick im Fluge sich ganz entfaltete, und stand auf-
recht im Bett. Nur eine Hand hielt er leicht an den Plafond.
»Du wolltest mich zudecken, das weiß ich, mein Frücht-
chen, aber zugedeckt bin ich noch nicht. Und ist es auch die
letzte Kraft, genug für dich, zuviel für dich. Wohl kenne ich
deinen Freund. Er wäre ein Sohn nach meinem Herzen.
Darum hast du ihn auch betrogen die ganzen Jahre lang.
Warum sonst? Glaubst du, ich habe nicht um ihn geweint?
Darum doch sperrst du dich in dein Bureau, niemand soll
stören, der Chef ist beschäftigt – nur damit du deine fal-
schen Briefchen nach Rußland schreiben kannst. Aber den
Vater muß glücklicherweise niemand lehren, den Sohn zu
durchschauen. Wie du jetzt geglaubt hast, du hättest ihn un-
tergekriegt, so untergekriegt, daß du dich mit deinem Hin-
tern auf ihn setzen kannst und er rührt sich nicht, da hat
sich mein Herr Sohn zum Heiraten entschlossen!«

Georg sah zum Schreckbild seines Vaters auf. Der Peters-
burger Freund, den der Vater plötzlich so gut kannte, ergriff
ihn, wie noch nie. Verloren im weiten Rußland sah er ihn.
An der Türe des leeren, ausgeraubten Geschäftes sah er ihn.
Zwischen den Trümmern der Regale, den zerfetzten Waren,
den fallenden Gasarmen stand er gerade noch. Warum hatte
er so weit wegfahren müssen!

»Aber schau mich an!« rief der Vater, und Georg lief, fast zerstreut, zum Bett, um alles zu fassen, stockte aber in der Mitte des Weges.

»Weil sie die Röcke gehoben hat«, fing der Vater zu flöten an, »weil sie die Röcke so gehoben hat, die widerliche Gans«, und er hob, um das darzustellen, sein Hemd so hoch, daß man auf seinem Oberschenkel die Narbe aus seinen Kriegsjahren sah, »weil sie die Röcke so und so und so gehoben hat, hast du dich an sie herangemacht, und damit du an ihr ohne Störung dich befriedigen kannst, hast du unserer Mutter Andenken geschändet, den Freund verraten und deinen Vater ins Bett gesteckt, damit er sich nicht rühren kann. Aber kann er sich rühren oder nicht?«

Und er stand vollkommen frei und warf die Beine. Er strahlte vor Einsicht.

Georg stand in einem Winkel, möglichst weit vom Vater. Vor einer langen Weile hatte er sich fest entschlossen, alles vollkommen genau zu beobachten, damit er nicht irgendwie auf Umwegen, von hinten her, von oben herab überrascht werden könne. Jetzt erinnerte er sich wieder an den längst vergessenen Entschluß und vergaß ihn, wie man einen kurzen Faden durch ein Nadelöhr zieht.

»Aber der Freund ist nun doch nicht verraten!« rief der Vater, und sein hin- und herbewegter Zeigefinger bekräftigte es. »Ich war sein Vertreter hier am Ort.«

»Komödiant!« konnte sich Georg zu rufen nicht enthalten, erkannte sofort den Schaden und biß, nur zu spät, – die Augen erstarrt – in seine Zunge, daß er vor Schmerz einknickte.

»Ja, freilich habe ich Komödie gespielt! Komödie! Gutes Wort! Welcher andere Trost blieb dem alten verwitweten Vater? Sag – und für den Augenblick der Antwort sei du noch mein lebender Sohn –, was blieb mir übrig, in meinem Hinterzimmer, verfolgt vom ungetreuen Personal, alt bis in die Knochen? Und mein Sohn ging im Jubel durch die Welt, schloß Geschäfte ab, die ich vorbereitet hatte, überpurzelte sich vor Vergnügen und ging vor seinem Vater mit dem verschlossenen Gesicht eines Ehrenmannes davon! Glaubst du, ich hätte dich nicht geliebt, ich, von dem du ausgingst?«

»Jetzt wird er sich vorbeugen«, dachte Georg, »wenn er fiele und zerschmetterte!« Dieses Wort durchzischte seinen Kopf.

Der Vater beugte sich vor, fiel aber nicht. Da Georg sich nicht näherte, wie er erwartet hatte, erhob er sich wieder.

»Bleib, wo du bist, ich brauche dich nicht! Du denkst, du hast noch die Kraft, hierher zu kommen und hältst dich bloß zurück, weil du so willst. Daß du dich nicht irrst! Ich bin noch immer der viel Stärkere. Allein hätte ich vielleicht zurückweichen müssen, aber so hat mir die Mutter ihre Kraft abgegeben, mit deinem Freund habe ich mich herrlich verbunden, deine Kundschaft habe ich hier in der Tasche!«

»Sogar im Hemd hat er Taschen!« sagte sich Georg und glaubte, er könne ihn mit dieser Bemerkung in der ganzen Welt unmöglich machen. Nur einen Augenblick dachte er das, denn immerfort vergaß er alles.

»Häng dich nur in deine Braut ein und komm mir entgegen! Ich fege sie dir von der Seite weg, du weißt nicht wie!«

Georg machte Grimassen, als glaube er das nicht. Der Vater nickte bloß, die Wahrheit dessen, was er sagte, beteuernd, in Georgs Ecke hin.

»Wie hast du mich doch heute unterhalten, als du kamst und fragtest, ob du deinem Freund von der Verlobung schreiben sollst. Er weiß doch alles, dummer Junge, er weiß doch alles! Ich schrieb ihm doch, weil du vergessen hast, mir das Schreibzeug wegzunehmen. Darum kommt er schon seit Jahren nicht, er weiß ja alles hundertmal besser als du selbst, deine Briefe zerknüllt er ungelesen in der linken Hand, während er in der Rechten meine Briefe zum Lesen sich vorhält!«

Seinen Arm schwang er vor Begeisterung über dem Kopf. »Er weiß alles tausendmal besser!« rief er.

»Zehntausendmal!« sagte Georg, um den Vater zu ver-
lachen, aber noch in seinem Munde bekam das Wort einen
toternsten Klang.

»Seit Jahren passe ich schon auf, daß du mit dieser Frage
kämest! Glaubst du, mich kümmert etwas anderes? Glaubst
du, ich lese Zeitungen? Da!« und er warf Georg ein Zei-
tungsblatt, das irgendwie mit ins Bett getragen worden war,
zu. Eine alte Zeitung, mit einem Georg schon ganz unbe-
kannten Namen.

»Wie lange hast du gezögert, ehe du reif geworden bist!
Die Mutter mußte sterben, sie konnte den Freudentag nicht
erleben, der Freund geht zugrunde in seinem Rußland,
schon vor drei Jahren war er gelb zum Wegwerfen, und
ich, du siehst ja, wie es mit mir steht. Dafür hast du doch
Augen!«

»Du hast mir also aufgelauert!« rief Georg.

Mitleidig sagte der Vater nebenbei: »Das wolltest du
wahrscheinlich früher sagen. Jetzt paßt es ja gar nicht
mehr.«

Und lauter: »Jetzt weißt du also, was es noch außer dir
gab, bisher wußtest du nur von dir! Ein unschuldiges Kind
warst du ja eigentlich, aber noch eigentlicher warst du ein
teuflischer Mensch! – Und darum wisse: Ich verurteile dich
jetzt zum Tode des Ertrinkens!«

Georg fühlte sich aus dem Zimmer gejagt, den Schlag,
mit dem der Vater hinter ihm aufs Bett stürzte, trug er noch
in den Ohren davon. Auf der Treppe, über deren Stufen er
wie über eine schiefe Fläche eilte, überrumpelte er seine Be-
dienerin, die im Begriffe war heraufzugehen, um die Woh-
nung nach der Nacht aufzuräumen. »Jesus!« rief sie und
verdeckte mit der Schürze das Gesicht, aber er war schon
davon. Aus dem Tor sprang er, über die Fahrbahn zum
Wasser trieb es ihn. Schon hielt er das Geländer fest, wie ein
Hungriger die Nahrung. Er schwang sich über, als der aus-
gezeichnete Turner, der er in seinen Jugendjahren zum Stolz
seiner Eltern gewesen war. Noch hielt er sich mit schwächer

werdenden Händen fest, erspähte zwischen den Geländer-
stangen einen Autoomnibus, der mit Leichtigkeit seinen
Fall übertönen würde, rief leise: »Liebe Eltern, ich habe
euch doch immer geliebt«, und ließ sich hinabfallen.

In diesem Augenblick ging über die Brücke ein geradezu
unendlicher Verkehr.

In der Strafkolonie

»Es ist ein eigentümlicher Apparat«, sagte der Offizier zu dem Forschungsreisenden und überblickte mit einem gewissermaßen bewundernden Blick den ihm doch wohlbekannten Apparat. Der Reisende schien nur aus Höflichkeit der Einladung des Kommandanten gefolgt zu sein, der ihn aufgefordert hatte, der Exekution eines Soldaten beizuwohnen, der wegen Ungehorsam und Beleidigung des Vorgesetzten verurteilt worden war. Das Interesse für diese Exekution war wohl auch in der Strafkolonie nicht sehr groß. Wenigstens war hier in dem tiefen, sandigen, von kahlen Abhängen ringsum abgeschlossenen kleinen Tal außer dem Offizier und dem Reisenden nur der Verurteilte, ein stumpfsinniger, breitmäuliger Mensch mit verwahrlostem Haar und Gesicht und ein Soldat zugegen, der die schwere Kette hielt, in welche die kleinen Ketten ausliefen, mit denen der Verurteilte an den Fuß- und Handknöcheln sowie am Hals gefesselt war und die auch untereinander durch Verbindungsketten zusammenhingen. Übrigens sah der Verurteilte so hündisch ergeben aus, daß es den Anschein hatte, als könnte man ihn frei auf den Abhängen herumlaufen lassen und müsse bei Beginn der Exekution nur pfeifen, damit er käme.

Der Reisende hatte wenig Sinn für den Apparat und ging hinter dem Verurteilten fast sichtbar unbeteiligt auf und ab, während der Offizier die letzten Vorbereitungen besorgte, bald unter den tief in die Erde eingebauten Apparat kroch, bald auf eine Leiter stieg, um die oberen Teile zu untersuchen. Das waren Arbeiten, die man eigentlich einem Maschinisten hätte überlassen können, aber der Offizier führte sie mit einem großen Eifer aus, sei es, daß er ein besonderer Anhänger dieses Apparates war, sei es, daß man aus anderen Gründen die Arbeit sonst niemandem anvertrauen konnte. »Jetzt ist alles fertig!« rief er endlich und stieg von der Leiter hinunter. Er war ungemein ermattet, atmete mit weit offenem Mund und hatte zwei zarte Damentaschentücher hinter den Uniformkragen gezwängt. »Diese Uniformen sind doch für die Tropen zu schwer«, sagte der Reisende, statt sich, wie es der Offizier erwartet hatte, nach dem Apparat zu erkundigen. »Gewiß«, sagte der Offizier und wusch sich die von Öl und Fett beschmutzten Hände in einem bereitstehenden Wasserkübel, »aber sie bedeuten die Heimat; wir wollen nicht die Heimat verlieren. – Nun sehen Sie aber diesen Apparat«, fügte er gleich hinzu, trocknete die Hände mit einem Tuch und zeigte gleichzeitig auf den Apparat. »Bis jetzt war noch Händearbeit nötig, von jetzt aber arbeitet der Apparat ganz allein.« Der Reisende nickte und folgte dem Offizier. Dieser suchte sich für alle Zwischenfälle zu sichern und sagte dann: »Es kommen natürlich Störungen vor; ich hoffe zwar, es wird heute keine eintreten, immerhin muß man mit ihnen rechnen. Der Apparat soll ja zwölf Stunden ununterbrochen im Gang sein. Wenn aber auch Störungen vorkommen, so sind es doch nur ganz kleine und sie werden sofort behoben sein.«

»Wollen Sie sich nicht setzen?« fragte er schließlich, zog aus einem Haufen von Rohrstühlen einen hervor und bot ihn dem Reisenden an; dieser konnte nicht ablehnen. Er saß nun am Rande einer Grube, in die er einen flüchtigen Blick warf. Sie war nicht sehr tief. Zur einen Seite der Grube war die ausgegrabene Erde zu einem Wall aufgehäuft, zur anderen Seite stand der Apparat. »Ich weiß nicht«, sagte der Offizier, »ob Ihnen der Kommandant den Apparat schon erklärt hat.« Der Reisende machte eine ungewisse Handbewegung; der Offizier verlangte nichts Besseres, denn nun konnte er selbst den Apparat erklären. »Dieser Apparat«, sagte er und faßte eine Kurbelstange, auf die er sich stützte, »ist eine Erfindung unseres früheren Kommandanten. Ich habe gleich bei den allerersten Versuchen mitgearbeitet und war auch bei allen Arbeiten bis zur Vollendung beteiligt. Das Verdienst der Erfindung allerdings gebührt ihm ganz allein. Haben Sie von unserem früheren Kommandanten gehört? Nicht? Nun, ich behaupte nicht zu viel, wenn ich sage, daß die Einrichtung der ganzen Strafkolonie sein Werk ist. Wir, seine Freunde, wußten schon bei seinem Tod, daß die Einrichtung der Kolonie so in sich geschlossen ist, daß sein Nachfolger, und habe er tausend neue Pläne im Kopf, wenigstens während vieler Jahre nichts von dem Alten wird ändern können. Unsere Voraussage ist auch eingetroffen; der neue Kommandant hat es erkennen müssen. Schade, daß Sie den früheren Kommandanten nicht gekannt haben! – Aber«, unterbrach sich der Offizier, »ich schwätze, und sein Apparat steht hier vor uns. Er besteht, wie Sie sehen, aus drei Teilen. Es haben sich im Laufe der Zeit für jeden dieser Teile gewissermaßen volkstümliche Bezeichnungen ausgebildet. Der untere heißt das Bett, der obere heißt der Zeichner, und hier der mittlere, schwebende Teil heißt die Egge.« »Die Egge?« fragte der Reisende. Er hatte nicht ganz aufmerksam zugehört, die Sonne verfing sich allzustark in dem schattenlosen Tal, man konnte schwer seine Gedanken sammeln. Um so bewundernswerter erschien ihm der Offizier, der im engen, parademäßigen, mit Epauletten beschwerten, mit Schnüren behängten Waffenrock so eifrig seine Sache erklärte und außerdem, während er sprach, mit einem Schraubendreher noch hier und da an einer.Schraube sich zu schaffen machte. In ähnlicher Verfassung wie der Reisende schien der Soldat zu sein. Er hatte um beide Handgelenke die Kette des Verurteilten gewickelt, stützte sich mit einer Hand auf sein Gewehr, ließ den Kopf im Genick hinunterhängen und kümmerte sich um nichts. Der Reisende wunderte sich nicht darüber, denn der Offizier sprach französisch und französisch verstand gewiß weder der Soldat noch der Verurteilte. Um so auffallender war es allerdings, daß der Verurteilte sich dennoch bemühte, den Erklärungen des Offiziers zu folgen. Mit einer Art schläfriger Beharrlichkeit richtete er die Blicke immer dorthin, wohin der Offizier gerade zeigte, und als dieser jetzt vom Rei-

senden mit einer Frage unterbrochen wurde, sah auch er,
ebenso wie der Offizier, den Reisenden an.

»Ja, die Egge«, sagte der Offizier, »der Name paßt. Die
Nadeln sind eggenartig angeordnet, auch wird das Ganze
wie eine Egge geführt, wenn auch bloß auf einem Platz und
viel kunstgemäßer. Sie werden es übrigens gleich verstehen.
Hier auf das Bett wird der Verurteilte gelegt. – Ich will
nämlich den Apparat zuerst beschreiben und dann erst die
Prozedur selbst ausführen lassen. Sie werden ihr dann bes-
ser folgen können. Auch ist ein Zahnrad im Zeichner zu
stark abgeschliffen; es kreischt sehr, wenn es im Gang ist;
man kann sich dann kaum verständigen; Ersatzteile sind
hier leider nur schwer zu beschaffen. – Also hier ist das
Bett, wie ich sagte. Es ist ganz und gar mit einer Watte-
schicht bedeckt; den Zweck dessen werden Sie noch erfah-
ren. Auf diese Watte wird der Verurteilte bauchlings gelegt,
natürlich nackt; hier sind für die Hände, hier für die Füße,
hier für den Hals Riemen, um ihn festzuschnallen. Hier am
Kopfende des Bettes, wo der Mann, wie ich gesagt habe, zu-
erst mit dem Gesicht aufliegt, ist dieser kleine Filzstumpf,
der leicht so reguliert werden kann, daß er dem Mann ge-
rade in den Mund dringt. Er hat den Zweck, am Schreien
und am Zerbeißen der Zunge zu hindern. Natürlich muß
der Mann den Filz aufnehmen, da ihm sonst durch den
Halsriemen das Genick gebrochen wird.« »Das ist Watte?«
fragte der Reisende und beugte sich vor. »Ja gewiß«, sagte
der Offizier lächelnd, »befühlen Sie es selbst.« Er faßte die
Hand des Reisenden und führte sie über das Bett hin. »Es
ist eine besonders präparierte Watte, darum sieht sie so un-
kenntlich aus; ich werde auf ihren Zweck noch zu sprechen
kommen.« Der Reisende war schon ein wenig für den
Apparat gewonnen; die Hand zum Schutz gegen die Sonne
über den Augen, sah er an dem Apparat in die Höhe. Es
war ein großer Aufbau. Das Bett und der Zeichner hatten
gleichen Umfang und sahen wie zwei dunkle Truhen aus.
Der Zeichner war etwa zwei Meter über dem Bett ange-

bracht; beide waren in den Ecken durch vier Messingstangen verbunden, die in der Sonne fast Strahlen warfen. Zwischen den Truhen schwebte an einem Stahlband die Egge.

Der Offizier hatte die frühere Gleichgültigkeit des Reisenden kaum bemerkt, wohl aber hatte er für sein jetzt beginnendes Interesse Sinn; er setzte deshalb in seinen Erklärungen aus, um dem Reisenden zur ungestörten Betrachtung Zeit zu lassen. Der Verurteilte ahmte den Reisenden
nach; da er die Hand nicht über die Augen legen konnte,
blinzelte er mit freien Augen zur Höhe.

»Nun liegt also der Mann«, sagte der Reisende, lehnte
sich im Sessel zurück und kreuzte die Beine.

»Ja«, sagte der Offizier, schob ein wenig die Mütze zurück und fuhr sich mit der Hand über das heiße Gesicht,
»nun hören Sie! Sowohl das Bett, als auch der Zeichner haben ihre eigene elektrische Batterie; das Bett braucht sie für
sich selbst, der Zeichner für die Egge. Sobald der Mann festgeschnallt ist, wird das Bett in Bewegung gesetzt. Es zittert
in winzigen, sehr schnellen Zuckungen gleichzeitig seitlich,
wie auch auf und ab. Sie werden ähnliche Apparate in Heilanstalten gesehen haben; nur sind bei unserem Bett alle Bewegungen genau berechnet; sie müssen nämlich peinlich auf
die Bewegungen der Egge abgestimmt sein. Dieser Egge
aber ist die eigentliche Ausführung des Urteils überlassen.«

»Wie lautet denn das Urteil?« fragte der Reisende. »Sie
wissen auch das nicht?« sagte der Offizier erstaunt und biß
sich auf die Lippen: »Verzeihen Sie, wenn vielleicht meine
Erklärungen ungeordnet sind; ich bitte Sie sehr um Entschuldigung. Die Erklärungen pflegte früher nämlich der
Kommandant zu geben; der neue Kommandant aber hat
sich dieser Ehrenpflicht entzogen; daß er jedoch einen
so hohen Besuch« – der Reisende suchte die Ehrung mit
beiden Händen abzuwehren, aber der Offizier bestand auf
dem Ausdruck – »einen so hohen Besuch nicht einmal von
der Form unseres Urteils in Kenntnis setzt, ist wieder eine
Neuerung, die –«, er hatte einen Fluch auf den Lippen,

faßte sich aber und sagte nur: »Ich wurde nicht davon verständigt, mich trifft nicht die Schuld. Übrigens bin ich allerdings am besten befähigt, unsere Urteilsarten zu erklären, denn ich trage hier« – er schlug auf seine Brusttasche – »die betreffenden Handzeichnungen des früheren Kommandanten.«

»Handzeichnungen des Kommandanten selbst?« fragte der Reisende: »Hat er denn alles in sich vereinigt? War er Soldat, Richter, Konstrukteur, Chemiker, Zeichner?«

»Jawohl«, sagte der Offizier kopfnickend, mit starrem, nachdenklichem Blick. Dann sah er prüfend seine Hände an; sie schienen ihm nicht rein genug, um die Zeichnungen anzufassen; er ging daher zum Kübel und wusch sie nochmals. Dann zog er eine kleine Ledermappe hervor und sagte: »Unser Urteil klingt nicht streng. Dem Verurteilten wird das Gebot, das er übertreten hat, mit der Egge auf den Leib geschrieben. Diesem Verurteilten zum Beispiel« – der Offizier zeigte auf den Mann – »wird auf den Leib geschrieben werden: Ehre deinen Vorgesetzten!«

Der Reisende sah flüchtig auf den Mann hin; er hielt, als der Offizier auf ihn gezeigt hatte, den Kopf gesenkt und schien alle Kraft des Gehörs anzuspannen, um etwas zu erfahren. Aber die Bewegungen seiner wulstig aneinander gedrückten Lippen zeigten offenbar, daß er nichts verstehen konnte. Der Reisende hatte Verschiedenes fragen wollen, fragte aber im Anblick des Mannes nur: »Kennt er sein Urteil?« »Nein«, sagte der Offizier und wollte gleich in seinen Erklärungen fortfahren, aber der Reisende unterbrach ihn: »Er kennt sein eigenes Urteil nicht?« »Nein«, sagte der Offizier wieder, stockte dann einen Augenblick, als verlange er vom Reisenden eine nähere Begründung seiner Frage, und sagte dann: »Es wäre nutzlos, es ihm zu verkünden. Er erfährt es ja auf seinem Leib.« Der Reisende wollte schon verstummen, da fühlte er, wie der Verurteilte seinen Blick auf ihn richtete; er schien zu fragen, ob er den geschilderten Vorgang billigen könne. Darum beugte sich der Reisende, der sich bereits zurückgelehnt hatte, wieder vor und fragte noch: »Aber daß er überhaupt verurteilt wurde, das weiß er doch?« »Auch nicht«, sagte der Offizier und lächelte den Reisenden an, als erwarte er nun von ihm noch einige sonderbare Eröffnungen. »Nein«, sagte der Reisende und strich sich über die Stirn hin, »dann weiß also der Mann auch jetzt noch nicht, wie seine Verteidigung aufgenommen wurde?« »Er hat keine Gelegenheit gehabt, sich zu verteidigen«, sagte der Offizier und sah abseits, als rede er zu sich selbst und wolle den Reisenden durch Erzählung dieser ihm selbstverständlichen Dinge nicht beschämen. »Er muß doch Gelegenheit gehabt haben, sich zu verteidigen«, sagte der Reisende und stand vom Sessel auf.

Der Offizier erkannte, daß er in Gefahr war, in der Erklärung des Apparates für lange Zeit aufgehalten zu werden; er ging daher zum Reisenden, hing sich in seinen Arm, zeigte mit der Hand auf den Verurteilten, der sich jetzt, da die Aufmerksamkeit so offenbar auf ihn gerichtet war, stramm aufstellte – auch zog der Soldat die Kette an –, und sagte: »Die Sache verhält sich folgendermaßen. Ich bin hier in der Strafkolonie zum Richter bestellt. Trotz meiner Jugend. Denn ich stand auch dem früheren Kommandanten in allen Strafsachen zur Seite und kenne auch den Apparat am besten. Der Grundsatz, nach dem ich entscheide, ist: Die Schuld ist immer zweifellos. Andere Gerichte können diesen Grundsatz nicht befolgen, denn sie sind vielköpfig und haben auch noch höhere Gerichte über sich. Das ist hier nicht der Fall, oder war es wenigstens nicht beim früheren Kommandanten. Der neue hat allerdings schon Lust gezeigt, in mein Gericht sich einzumischen, es ist mir aber bisher gelungen, ihn abzuwehren, und wird mir auch weiter gelingen. – Sie wollten diesen Fall erklärt haben; er ist so einfach, wie alle. Ein Hauptmann hat heute morgens die Anzeige erstattet, daß dieser Mann, der ihm als Diener zugeteilt ist und vor seiner Türe schläft, den Dienst verschlafen hat. Er hat nämlich die Pflicht, bei jedem Stundenschlag aufzustehen und vor der Tür des Hauptmanns zu salutieren. Gewiß keine schwere Pflicht und eine notwendige, denn er soll sowohl zur Bewachung als auch zur Bedienung frisch bleiben. Der Hauptmann wollte in der gestrigen Nacht nachsehen, ob der Diener seine Pflicht erfülle. Er öffnete Schlag zwei Uhr die Tür und fand ihn zusammengekrümmt schlafen. Er holte die Reitpeitsche und schlug ihm über das Gesicht. Statt nun aufzustehen und um Verzeihung zu bitten, faßte der Mann seinen Herrn bei den Beinen, schüttelte ihn und rief: ›Wirf die Peitsche weg, oder ich fresse dich.‹ – Das ist der Sachverhalt. Der Hauptmann kam vor einer Stunde zu mir, ich schrieb seine Angaben auf und anschließend gleich das Urteil. Dann ließ ich dem Mann die Ketten anlegen. Das alles war sehr einfach. Hätte ich den Mann zuerst vorgerufen und ausgefragt, so wäre nur Verwirrung entstanden. Er hätte gelogen, hätte, wenn es mir gelungen wäre, die Lügen zu widerlegen, diese durch neue Lügen ersetzt und so fort. Jetzt aber halte ich ihn und lasse ihn nicht mehr. – Ist nun alles erklärt? Aber die Zeit vergeht, die Exekution sollte schon beginnen, und ich bin mit der Erklärung des Apparates noch nicht fertig.« Er nötigte den Reisenden auf den Sessel nieder, trat wieder zu dem Apparat und begann: »Wie Sie sehen, entspricht die Egge der Form des Menschen; hier ist die Egge für den Oberkörper, hier sind die Eggen für die Beine. Für den Kopf ist nur dieser kleine Stichel bestimmt. Ist Ihnen das klar?« Er beugte sich freundlich zu dem Reisenden vor, bereit zu den umfassendsten Erklärungen.

Der Reisende sah mit gerunzelter Stirn die Egge an. Die Mitteilungen über das Gerichtsverfahren hatten ihn nicht befriedigt. Immerhin mußte er sich sagen, daß es sich hier um eine Strafkolonie handelte, daß hier besondere Maßregeln notwendig waren und daß man bis zum letzten militärisch vorgehen mußte. Außerdem aber setzte er einige Hoffnung auf den neuen Kommandanten, der offenbar, allerdings langsam, ein neues Verfahren einzuführen beabsichtigte, das dem beschränkten Kopf dieses Offiziers nicht eingehen konnte. Aus diesem Gedankengang heraus fragte der Reisende: »Wird der Kommandant der Exekution beiwohnen?« »Es ist nicht gewiß«, sagte der Offizier, durch die unvermittelte Frage peinlich berührt, und seine freundliche Miene verzerrte sich: »Gerade deshalb müssen wir uns beeilen. Ich werde sogar, so leid es mir tut, meine Erklärungen abkürzen müssen. Aber ich könnte ja morgen, wenn der Apparat wieder gereinigt ist – daß er so sehr beschmutzt wird, ist sein einziger Fehler – die näheren Erklärungen nachtragen. Jetzt also nur das Notwendigste. – Wenn der Mann auf dem Bett liegt und dieses ins Zittern gebracht ist, wird die Egge auf den Körper gesenkt. Sie stellt sich von selbst so ein, daß sie nur knapp mit den Spitzen den Körper berührt; ist die Einstellung vollzogen, strafft sich sofort dieses Stahlseil zu einer Stange. Und nun beginnt das Spiel. Ein Nichteingeweihter merkt äußerlich keinen Unterschied in den Strafen. Die Egge scheint gleichförmig zu arbeiten. Zitternd sticht sie ihre Spitzen in den Körper ein, der überdies vom Bett aus zittert. Um es nun jedem zu ermöglichen, die Ausführung des Urteils zu überprüfen, wurde die Egge aus Glas gemacht. Es hat einige technische Schwierigkeiten verursacht, die Nadeln darin zu befestigen, es ist aber nach vielen Versuchen gelungen. Wir haben eben keine Mühe gescheut. Und nun kann jeder durch das Glas sehen, wie sich die Inschrift im Körper vollzieht. Wollen Sie nicht näher kommen und sich die Nadeln ansehen?«

Der Reisende erhob sich langsam, ging hin und beugte sich über die Egge. »Sie sehen«, sagte der Offizier, »zweierlei Nadeln in vielfacher Anordnung. Jede lange hat eine kurze neben sich. Die lange schreibt nämlich, und die kurze spritzt Wasser aus, um das Blut abzuwaschen und die Schrift immer klar zu erhalten. Das Blutwasser wird dann hier in kleine Rinnen geleitet und fließt endlich in diese Hauptrinne, deren Abflußrohr in die Grube führt.« Der Offizier zeigte mit dem Finger genau den Weg, den das

Blutwasser nehmen mußte. Als er es, um es möglichst anschaulich zu machen, an der Mündung des Abflußrohres mit beiden Händen förmlich auffing, erhob der Reisende den Kopf und wollte, mit der Hand rückwärts tastend, zu seinem Sessel zurückgehen. Da sah er zu seinem Schrecken, daß auch der Verurteilte gleich ihm der Einladung des Offiziers, sich die Einrichtung der Egge aus der Nähe anzusehen, gefolgt war. Er hatte den verschlafenen Soldaten an der Kette ein wenig vorgezerrt und sich auch über das Glas gebeugt. Man sah, wie er mit unsicheren Augen auch das suchte, was die zwei Herren eben beobachtet hatten, wie es ihm aber, da ihm die Erklärung fehlte, nicht gelingen wollte. Er beugte sich hierhin und dorthin. Immer wieder lief er mit den Augen das Glas ab. Der Reisende wollte ihn zurücktreiben, denn, was er tat, war wahrscheinlich strafbar. Aber der Offizier hielt den Reisenden mit einer Hand fest, nahm mit der anderen eine Erdscholle vom Wall und warf sie nach dem Soldaten. Dieser hob mit einem Ruck die Augen, sah, was der Verurteilte gewagt hatte, ließ das Gewehr fallen, stemmte die Füße mit den Absätzen in den Boden, riß den Verurteilten zurück, daß er gleich niederfiel, und sah dann auf ihn hinunter, wie er sich wand und mit seinen Ketten klirrte. »Stell ihn auf!« schrie der Offizier, denn er merkte, daß der Reisende durch den Verurteilten allzusehr abgelenkt wurde. Der Reisende beugte sich sogar über die Egge hinweg, ohne sich um sie zu kümmern, und wollte nur feststellen, was mit dem Verurteilten geschehe. »Behandle ihn sorgfältig!« schrie der Offizier wieder. Er umlief den Apparat, faßte selbst den Verurteilten unter den Achseln und stellte ihn, der öfters mit den Füßen ausglitt, mit Hilfe des Soldaten auf.

»Nun weiß ich schon alles«, sagte der Reisende, als der Offizier wieder zu ihm zurückkehrte. »Bis auf das Wichtigste«, sagte dieser, ergriff den Reisenden am Arm und zeigte in die Höhe: »Dort im Zeichner ist das Räderwerk, welches die Bewegung der Egge bestimmt, und dieses Räderwerk wird nach der Zeichnung, auf welche das Urteil lautet, angeordnet. Ich verwende noch die Zeichnungen des früheren Kommandanten. Hier sind sie« – er zog einige Blätter aus der Ledermappe – »ich kann sie Ihnen aber leider nicht in die Hand geben, sie sind das Teuerste, was ich habe. Setzen Sie sich, ich zeige sie Ihnen aus dieser Entfernung, dann werden Sie alles gut sehen können.« Er zeigte das erste Blatt. Der Reisende hätte gerne etwas Anerkennendes gesagt, aber er sah nur labyrinthartige, einander vielfach kreuzende Linien, die so dicht das Papier bedeckten, daß man nur mit Mühe die weißen Zwischenräume erkannte. »Lesen Sie«, sagte der Offizier. »Ich kann nicht«, sagte der Reisende. »Es ist doch deutlich«, sagte der Offizier. »Es ist sehr kunstvoll«, sagte der Reisende ausweichend, »aber ich kann es nicht entziffern.« »Ja«, sagte der Offizier, lachte und steckte die Mappe wieder ein, »es ist keine Schönschrift für Schulkinder. Man muß lange darin lesen. Auch Sie würden es schließlich gewiß erkennen. Es darf natürlich keine einfache Schrift sein; sie soll ja nicht sofort töten, sondern durchschnittlich erst in einem Zeitraum von zwölf Stunden; für die sechste Stunde ist der Wendepunkt berechnet. Es müssen also viele, viele Zieraten die eigentliche Schrift umgeben; die wirkliche Schrift umzieht den Leib nur in einem schmalen Gürtel; der übrige Körper ist für Verzierungen bestimmt. Können Sie jetzt die Arbeit der Egge und des ganzen Apparates würdigen? – Sehen Sie doch!« Er sprang auf die Leiter, drehte ein Rad, rief hinunter: »Achtung, treten Sie zur Seite«, und alles kam in Gang. Hätte das Rad nicht gekreischt, es wäre herrlich gewesen. Als sei der Offizier von diesem störenden Rad überrascht, drohte er ihm mit der Faust, breitete dann, sich entschuldigend, zum Reisenden hin die Arme aus und kletterte eilig hinunter, um den Gang des Apparates von unten zu beobachten. Noch war etwas nicht in Ordnung, das nur er merkte; er kletterte wieder hinauf, griff mit beiden Händen in das Innere des Zeichners, glitt dann, um rascher hinunterzukommen, statt die Leiter zu benutzen, an der einen Stange hinunter und schrie nun, um sich im Lärm verständlich zu machen, mit äußerster Anspannung dem Reisenden ins Ohr: »Begreifen Sie den Vorgang? Die Egge fängt zu schreiben an; ist sie mit der ersten Anlage der Schrift auf dem Rücken des Mannes fertig, rollt die Watteschicht und wälzt den Körper langsam auf die Seite, um der Egge neuen Raum zu bieten. Inzwischen legen sich die wundbeschriebenen Stellen auf die Watte, welche infolge der besonderen Präparierung sofort die Blutung stillt und zu neuer Vertiefung der Schrift vorbereitet. Hier die Zacken am Rande der Egge reißen dann beim weiteren Umwälzen des Körpers die Watte von den Wunden, schleudern sie in die Grube, und die Egge hat wieder Arbeit. So schreibt sie immer tiefer die zwölf Stunden lang. Die ersten sechs Stunden lebt der Verurteilte fast wie früher, er leidet nur Schmerzen. Nach zwei Stunden wird der Filz entfernt, denn der Mann hat keine Kraft zum Schreien mehr. Hier in diesen elektrisch geheizten Napf am Kopfende wird warmer Reisbrei gelegt, aus dem der Mann, wenn er Lust hat, nehmen kann, was er mit der Zunge erhascht. Keiner versäumt die Gelegenheit. Ich weiß keinen, und meine Erfahrung ist groß. Erst um die sechste Stunde verliert er das Vergnügen am Essen. Ich knie dann gewöhnlich hier nieder und beobachte diese Erscheinung. Der Mann schluckt den letzten Bissen selten, er dreht ihn nur im Mund und speit ihn in die Grube. Ich muß mich dann bükken, sonst fährt es mir ins Gesicht. Wie still wird dann aber der Mann um die sechste Stunde! Verstand geht dem Blödesten auf. Um die Augen beginnt es. Von hier aus verbreitet es sich. Ein Anblick, der einen verführen könnte, sich mit unter die Egge zu legen. Es geschieht ja nichts weiter, der Mann fängt bloß an, die Schrift zu entziffern, er spitzt den Mund, als horche er. Sie haben gesehen, es ist nicht leicht, die Schrift mit den Augen zu entziffern; unser Mann entziffert sie aber mit seinen Wunden. Es ist allerdings viel Arbeit; er braucht sechs Stunden zu ihrer Vollendung. Dann aber spießt ihn die Egge vollständig auf und wirft ihn in die Grube, wo er auf das Blutwasser und die Watte niederklatscht. Dann ist das Gericht zu Ende, und wir, ich und der Soldat, scharren ihn ein.«

Der Reisende hatte das Ohr zum Offizier geneigt und sah, die Hände in den Rocktaschen, der Arbeit der Maschine zu. Auch der Verurteilte sah ihr zu, aber ohne Verständnis. Er bückte sich ein wenig und verfolgte die schwankenden Nadeln, als ihm der Soldat, auf ein Zeichen des Offiziers, mit einem Messer hinten Hemd und Hose durchschnitt, so daß sie von dem Verurteilten abfielen; er wollte nach dem fallenden Zeug greifen, um seine Blöße zu bedecken, aber der Soldat hob ihn in die Höhe und schüttelte die letzten Fetzen von ihm ab. Der Offizier stellte die Maschine ein, und in der jetzt eintretenden Stille wurde der Verurteilte unter die Egge gelegt. Die Ketten wurden gelöst, und statt dessen die Riemen befestigt; es schien für den Verurteilten im ersten Augenblick fast eine Erleichterung zu bedeuten. Und nun senkte sich die Egge noch ein Stück tiefer, denn es war ein magerer Mann. Als ihn die Spitzen berührten, ging ein Schauer über seine Haut; er streckte, während der Soldat mit seiner rechten Hand beschäftigt war, die linke aus, ohne zu wissen wohin; es war aber die Richtung, wo der Reisende stand. Der Offizier sah ununterbrochen den Reisenden von der Seite an, als suche er von seinem Gesicht den Eindruck abzulesen, den die Exekution, die er ihm nun wenigstens oberflächlich erklärt hatte, auf ihn mache.

Der Riemen, der für das Handgelenk bestimmt war, riß; wahrscheinlich hatte ihn der Soldat zu stark angezogen. Der Offizier sollte helfen, der Soldat zeigte ihm das abgerissene Riemenstück. Der Offizier ging auch zu ihm hinüber und sagte, das Gesicht dem Reisenden zugewendet: »Die Maschine ist sehr zusammengesetzt, es muß hie und da etwas reißen oder brechen; dadurch darf man sich aber im Gesamturteil nicht beirren lassen. Für den Riemen ist übrigens sofort Ersatz geschafft; ich werde eine Kette verwenden; die

Zartheit der Schwingung wird dadurch für den rechten Arm allerdings beeinträchtigt.« Und während er die Ketten anlegte, sagte er noch: »Die Mittel zur Erhaltung der Maschine sind jetzt sehr eingeschränkt. Unter dem früheren Kommandanten war eine mir frei zugängliche Kassa nur für diesen Zweck bestimmt. Es gab hier ein Magazin, in dem alle möglichen Ersatzstücke aufbewahrt wurden. Ich gestehe, ich trieb damit fast Verschwendung, ich meine früher, nicht jetzt, wie der neue Kommandant behauptet, dem alles nur zum Vorwand dient, alte Einrichtungen zu bekämpfen. Jetzt hat er die Maschinenkassa in eigener Verwaltung, und schicke ich um einen neuen Riemen, wird der zerrissene als Beweisstück verlangt, der neue kommt erst in zehn Tagen, ist dann aber von schlechterer Sorte und taugt nicht viel. Wie ich aber in der Zwischenzeit ohne Riemen die Maschine betreiben soll, darum kümmert sich niemand.«

Der Reisende überlegte: Es ist immer bedenklich, in fremde Verhältnisse entscheidend einzugreifen. Er war weder Bürger der Strafkolonie, noch Bürger des Staates, dem sie angehörte. Wenn er diese Exekution verurteilen oder gar hintertreiben wollte, konnte man ihm sagen: Du bist ein Fremder, sei still. Darauf hätte er nichts erwidern, sondern nur hinzufügen können, daß er sich in diesem Falle selbst nicht begreife, denn er reise nur mit der Absicht zu sehen und keineswegs etwa, um fremde Gerichtsverfassungen zu ändern. Nun lagen aber hier die Dinge allerdings sehr verführerisch. Die Ungerechtigkeit des Verfahrens und die Unmenschlichkeit der Exekution war zweifellos. Niemand konnte irgendeine Eigennützigkeit des Reisenden annehmen, denn der Verurteilte war ihm fremd, kein Landsmann und ein zum Mitleid gar nicht auffordernder Mensch. Der Reisende selbst hatte Empfehlungen hoher Ämter, war hier mit großer Höflichkeit empfangen worden, und daß er zu dieser Exekution eingeladen worden war, schien sogar darauf hinzudeuten, daß man sein Urteil über dieses Gericht verlangte. Dies war aber um so wahrscheinlicher, als der

Kommandant, wie er jetzt überdeutlich gehört hatte, kein Anhänger dieses Verfahrens war und sich gegenüber dem Offizier fast feindselig verhielt.

Da hörte der Reisende einen Wutschrei des Offiziers. Er hatte gerade, nicht ohne Mühe, dem Verurteilten den Filzstumpf in den Mund geschoben, als der Verurteilte in einem unwiderstehlichen Brechreiz die Augen schloß und sich erbrach. Eilig riß ihn der Offizier vom Stumpf in die Höhe und wollte den Kopf zur Grube hindrehen; aber es war zu spät, der Unrat floß schon an der Maschine hinab. »Alles Schuld des Kommandanten!« schrie der Offizier und rüttelte besinnungslos vorn an den Messingstangen, »die Maschine wird mir verunreinigt wie ein Stall.« Er zeigte mit zitternden Händen dem Reisenden, was geschehen war. »Habe ich nicht stundenlang dem Kommandanten begreiflich zu machen gesucht, daß einen Tag vor der Exekution kein Essen mehr verabfolgt werden soll. Aber die neue milde Richtung ist anderer Meinung. Die Damen des Kommandanten stopfen dem Mann, ehe er abgeführt wird, den Hals mit Zuckersachen voll. Sein ganzes Leben hat er sich von stinkenden Fischen genährt und muß jetzt Zuckersachen essen! Aber es wäre ja möglich, ich würde nichts einwenden, aber warum schafft man nicht einen neuen Filz an, wie ich ihn seit einem Vierteljahr erbitte. Wie kann man ohne Ekel diesen Filz in den Mund nehmen, an dem mehr als hundert Männer im Sterben gesaugt und gebissen haben?«

Der Verurteilte hatte den Kopf niedergelegt und sah friedlich aus, der Soldat war damit beschäftigt, mit dem Hemd des Verurteilten die Maschine zu putzen. Der Offizier ging zum Reisenden, der in irgendeiner Ahnung einen Schritt zurücktrat, aber der Offizier faßte ihn bei der Hand und zog ihn zur Seite. »Ich will einige Worte im Vertrauen mit Ihnen sprechen«, sagte er, »ich darf das doch?« »Gewiß«, sagte der Reisende und hörte mit gesenkten Augen zu.

»Dieses Verfahren und diese Hinrichtung, die Sie jetzt zu bewundern Gelegenheit haben, hat gegenwärtig in unserer Kolonie keinen offenen Anhänger mehr. Ich bin ihr einziger Vertreter, gleichzeitig der einzige Vertreter des Erbes des alten Kommandanten. An einen weiteren Ausbau des Verfahrens kann ich nicht mehr denken, ich verbrauche alle meine Kräfte, um zu erhalten, was vorhanden ist. Als der alte Kommandant lebte, war die Kolonie von seinen Anhängern voll; die Überzeugungskraft des alten Kommandanten habe ich zum Teil, aber seine Macht fehlt mir ganz; infolgedessen haben sich die Anhänger verkrochen, es gibt noch viele, aber keiner gesteht es ein. Wenn Sie heute, also an einem Hinrichtungstag, ins Teehaus gehen und herumhorchen, werden Sie vielleicht nur zweideutige Äußerungen hören. Das sind lauter Anhänger, aber unter dem gegenwärtigen Kommandanten und bei seinen gegenwärtigen Anschauungen für mich ganz unbrauchbar. Und nun frage ich Sie: Soll wegen dieses Kommandanten und seiner Frauen, die ihn beeinflussen, ein solches Lebenswerk« – er zeigte auf die Maschine – »zugrunde gehen? Darf man das zulassen? Selbst wenn man nur als Fremder ein paar Tage auf unserer Insel ist? Es ist aber keine Zeit zu verlieren, man bereitet etwas gegen meine Gerichtsbarkeit vor; es finden schon Beratungen in der Kommandatur statt, zu denen ich nicht zugezogen werde; sogar Ihr heutiger Besuch scheint mir für die ganze Lage bezeichnend; man ist feig und schickt Sie, einen Fremden, vor. – Wie war die Exekution anders in früherer Zeit! Schon einen Tag vor der Hinrichtung war das ganze Tal von Menschen überfüllt; alle kamen nur um zu sehen; früh am Morgen erschien der Kommandant mit seinen Damen; Fanfaren weckten den ganzen Lagerplatz; ich erstattete die Meldung, daß alles vorbereitet sei; die Gesellschaft – kein hoher Beamte durfte fehlen – ordnete sich um die Maschine; dieser Haufen Rohrsessel ist ein armseliges Überbleibsel aus jener Zeit. Die Maschine glänzte frisch geputzt, fast zu jeder Exeku-

tion nahm ich neue Ersatzstücke. Vor hunderten Augen –
alle Zuschauer standen auf den Fußspitzen bis dort zu
den Anhöhen – wurde der Verurteilte vom Kommandan-
ten selbst unter die Egge gelegt. Was heute ein ge-
meiner Soldat tun darf, war damals meine, des Gerichts-
präsidenten, Arbeit und ehrte mich. Und nun begann die
Exekution! Kein Mißton störte die Arbeit der Maschine.
Manche sahen nun gar nicht mehr zu, sondern lagen mit ge-
schlossenen Augen im Sand; alle wußten: Jetzt geschieht
Gerechtigkeit. In der Stille hörte man nur das Seufzen des
Verurteilten, gedämpft durch den Filz. Heute gelingt es der
Maschine nicht mehr, dem Verurteilten ein stärkeres Seuf-
zen auszupressen, als der Filz noch ersticken kann; damals
aber tropften die schreibenden Nadeln eine beizende Flüs-
sigkeit aus, die heute nicht mehr verwendet werden darf.
Nun, und dann kam die sechste Stunde! Es war unmöglich,
allen die Bitte, aus der Nähe zuschauen zu dürfen, zu ge-
währen. Der Kommandant in seiner Einsicht ordnete an,
daß vor allem die Kinder berücksichtigt werden sollten; ich
allerdings durfte kraft meines Berufes immer dabeistehen;
oft hockte ich dort, zwei kleine Kinder rechts und links in
meinen Armen. Wie nahmen wir alle den Ausdruck der Ver-
klärung von dem gemarterten Gesicht, wie hielten wir un-
sere Wangen in den Schein dieser endlich erreichten und
schon vergehenden Gerechtigkeit! Was für Zeiten, mein Ka-
merad!« Der Offizier hatte offenbar vergessen, wer vor ihm
stand; er hatte den Reisenden umarmt und den Kopf auf
seine Schulter gelegt. Der Reisende war in großer Verlegen-
heit, ungeduldig sah er über den Offizier hinweg. Der Sol-
dat hatte die Reinigungsarbeit beendet und jetzt noch aus
einer Büchse Reisbrei in den Napf geschüttet. Kaum merkte
dies der Verurteilte, der sich schon vollständig erholt zu ha-
ben schien, als er mit der Zunge nach dem Brei zu schnap-
pen begann. Der Soldat stieß ihn immer wieder weg, denn
der Brei war wohl für eine spätere Zeit bestimmt, aber un-
gehörig war es jedenfalls auch, daß der Soldat mit seinen

schmutzigen Händen hineingriff und vor dem gierigen Verurteilten davon aß.

Der Offizier faßte sich schnell. »Ich wollte Sie nicht etwa rühren«, sagte er, »ich weiß, es ist unmöglich, jene Zeiten heute begreiflich zu machen. Im übrigen arbeitet die Maschine noch und wirkt für sich. Sie wirkt für sich, auch wenn sie allein in diesem Tale steht. Und die Leiche fällt zum Schluß noch immer in dem unbegreiflich sanften Flug in die Grube, auch wenn nicht, wie damals, Hunderte wie Fliegen um die Grube sich versammeln. Damals mußten wir ein starkes Geländer um die Grube anbringen, es ist längst weggerissen.«

Der Reisende wollte sein Gesicht dem Offizier entziehen und blickte ziellos herum. Der Offizier glaubte, er betrachte die Öde des Tales; er ergriff deshalb seine Hände, drehte sich um ihn, um seine Blicke zu fassen, und fragte: »Merken Sie die Schande?«

Aber der Reisende schwieg. Der Offizier ließ für ein Weilchen von ihm ab; mit auseinandergestellten Beinen, die Hände in den Hüften, stand er still und blickte zu Boden. Dann lächelte er dem Reisenden aufmunternd zu und sagte: »Ich war gestern in Ihrer Nähe, als der Kommandant Sie einlud. Ich hörte die Einladung. Ich kenne den Kommandanten. Ich verstand sofort, was er mit der Einladung bezweckte. Trotzdem seine Macht groß genug wäre, um gegen mich einzuschreiten, wagt er es noch nicht, wohl aber will er mich Ihrem, dem Urteil eines angesehenen Fremden aussetzen. Seine Berechnung ist sorgfältig; Sie sind den zweiten Tag auf der Insel, Sie kannten den alten Kommandanten und seinen Gedankenkreis nicht, Sie sind in europäischen Anschauungen befangen, vielleicht sind Sie ein grundsätzlicher Gegner der Todesstrafe im allgemeinen und einer derartigen maschinellen Hinrichtungsart im besonderen, Sie sehen überdies, wie die Hinrichtung ohne öffentliche Anteilnahme, traurig, auf einer bereits etwas beschädigten Maschine vor sich geht – wäre es nun, alles dieses zusammengenommen (so denkt der Kommandant), nicht sehr leicht möglich, daß Sie mein Verfahren nicht für richtig halten? Und wenn Sie es nicht für richtig halten, werden Sie dies (ich rede noch immer im Sinne des Kommandanten) nicht verschweigen, denn Sie vertrauen doch gewiß Ihren vielerprobten Überzeugungen. Sie haben allerdings viele Eigentümlichkeiten vieler Völker gesehen und achten gelernt, Sie werden daher wahrscheinlich sich nicht mit ganzer Kraft, wie Sie es vielleicht in Ihrer Heimat tun würden, gegen das Verfahren aussprechen. Aber dessen bedarf der Kommandant gar nicht. Ein flüchtiges, ein bloß unvorsichtiges Wort genügt. Es muß gar nicht Ihrer Überzeugung entsprechen, wenn es nur scheinbar seinem Wunsche entgegenkommt. Daß er Sie mit aller Schlauheit ausfragen wird, dessen bin ich gewiß. Und seine Damen werden im Kreis herumsitzen und die Ohren spitzen; Sie werden etwa sagen: ›Bei uns ist das Gerichtsverfahren ein anderes‹, oder ›Bei uns wird der Angeklagte vor dem Urteil verhört‹, oder ›Bei uns erfährt der Verurteilte das Urteil‹, oder ›Bei uns gibt es auch andere Strafen als Todesstrafen‹, oder ›Bei uns gab es Folterungen nur im Mittelalter‹. Das alles sind Bemerkungen, die ebenso richtig sind, als sie Ihnen selbstverständlich erscheinen, unschuldige Bemerkungen, die mein Verfahren nicht antasten. Aber wie wird sie der Kommandant aufnehmen? Ich sehe ihn, den guten Kommandanten, wie er sofort den Stuhl beiseite schiebt und auf den Balkon eilt, ich sehe seine Damen, wie sie ihm nachströmen, ich höre seine Stimme – die Damen nennen sie eine Donnerstimme –, nun, und er spricht: ›Ein großer Forscher des Abendlandes, dazu bestimmt, das Gerichtsverfahren in allen Ländern zu überprüfen, hat eben gesagt, daß unser Verfahren nach altem Brauch ein unmenschliches ist. Nach diesem Urteil einer solchen Persönlichkeit ist es mir natürlich nicht mehr möglich, dieses Verfahren zu dulden. Mit dem heutigen Tage also ordne ich an – usw.‹ Sie wollen eingreifen, Sie haben nicht das gesagt, was er verkündet, Sie haben mein Verfahren nicht unmenschlich genannt, im Gegenteil, Ihrer tiefen Einsicht entsprechend halten Sie es für das menschlichste und menschenwürdigste, Sie bewundern auch diese Maschinerie – aber es ist zu spät; Sie kommen gar nicht auf den Balkon, der schon voll Damen ist; Sie wollen sich bemerkbar machen; Sie wollen schreien; aber eine Damenhand hält Ihnen den Mund zu – und ich und das Werk des alten Kommandanten sind verloren.«

Der Reisende mußte ein Lächeln unterdrücken; so leicht war also die Aufgabe, die er für so schwer gehalten hatte. Er sagte ausweichend: »Sie überschätzen meinen Einfluß; der Kommandant hat mein Empfehlungsschreiben gelesen, er weiß, daß ich kein Kenner der gerichtlichen Verfahren bin. Wenn ich eine Meinung aussprechen würde, so wäre es die Meinung eines Privatmannes, um nichts bedeutender als die Meinung eines beliebigen anderen, und jedenfalls viel bedeutungsloser als die Meinung des Kommandanten, der in dieser Strafkolonie, wie ich zu wissen glaube, sehr ausgedehnte Rechte hat. Ist seine Meinung über dieses Verfahren eine so bestimmte, wie Sie glauben, dann, fürchte ich, ist allerdings das Ende dieses Verfahrens gekommen, ohne daß es meiner bescheidenen Mithilfe bedürfte.«

Begriff es schon der Offizier? Nein, er begriff noch nicht. Er schüttelte lebhaft den Kopf, sah kurz nach dem Verurteilten und dem Soldaten zurück, die zusammenzuckten und vom Reis abließen, ging ganz nahe an den Reisenden heran, blickte ihm nicht ins Gesicht, sondern irgendwohin auf seinen Rock und sagte leiser als früher: »Sie kennen den Kommandanten nicht; Sie stehen ihm und uns allen – verzeihen Sie den Ausdruck – gewissermaßen harmlos gegenüber; Ihr Einfluß, glauben Sie mir, kann nicht hoch genug eingeschätzt werden. Ich war ja glückselig, als ich hörte, daß Sie allein der Exekution beiwohnen sollten. Diese Anordnung des Kommandanten sollte mich treffen, nun aber wende ich sie zu meinen Gunsten. Unabgelenkt von falschen Einflüsterungen und verächtlichen Blicken – wie sie

bei größerer Teilnahme an der Exekution nicht hätten ver-
mieden werden können – haben Sie meine Erklärungen an-
gehört, die Maschine gesehen und sind nun im Begriffe, die
Exekution zu besichtigen. Ihr Urteil steht gewiß schon fest;
sollten noch kleine Unsicherheiten bestehen, so wird sie der
Anblick der Exekution beseitigen. Und nun stelle ich an Sie
die Bitte: helfen Sie mir gegenüber dem Kommandanten!«
    Der Reisende ließ ihn nicht weiter reden. »Wie könnte
ich denn das«, rief er aus, »das ist ganz unmöglich. Ich kann
Ihnen ebensowenig nützen als ich Ihnen schaden kann.«
    »Sie können es«, sagte der Offizier. Mit einiger Befürch-
tung sah der Reisende, daß der Offizier die Fäuste ballte.
»Sie können es«, wiederholte der Offizier noch dringender.
»Ich habe einen Plan, der gelingen muß. Sie glauben, Ihr
Einfluß genüge nicht. Ich weiß, daß er genügt. Aber zuge-
standen, daß Sie recht haben, ist es denn nicht notwendig,
zur Erhaltung dieses Verfahrens alles, selbst das möglicher-
weise Unzureichende zu versuchen? Hören Sie also meinen
Plan. Zu seiner Ausführung ist es vor allem nötig, daß Sie
heute in der Kolonie mit Ihrem Urteil über das Verfahren
möglichst zurückhalten. Wenn man Sie nicht geradezu fragt,
dürfen Sie sich keinesfalls äußern; Ihre Äußerungen aber
müssen kurz und unbestimmt sein; man soll merken, daß es
Ihnen schwer wird, darüber zu sprechen, daß Sie verbittert
sind, daß Sie, falls Sie offen reden sollten, geradezu in Ver-
wünschungen ausbrechen müßten. Ich verlange nicht, daß
Sie lügen sollen; keineswegs; Sie sollen nur kurz antworten,
etwa: ›Ja, ich habe die Exekution gesehen‹, oder ›Ja, ich habe
alle Erklärungen gehört‹. Nur das, nichts weiter. Für die
Verbitterung, die man Ihnen anmerken soll, ist ja genügend
Anlaß, wenn auch nicht im Sinne des Kommandanten. Er
natürlich wird es vollständig mißverstehen und in seinem
Sinne deuten. Darauf gründet sich mein Plan. Morgen fin-
det in der Kommandatur unter dem Vorsitz des Komman-
danten eine große Sitzung aller höheren Verwaltungsbeam-
ten statt. Der Kommandant hat es natürlich verstanden, aus

solchen Sitzungen eine Schaustellung zu machen. Es wurde eine Galerie gebaut, die mit Zuschauern immer besetzt ist. Ich bin gezwungen an den Beratungen teilzunehmen, aber der Widerwille schüttelt mich. Nun werden Sie gewiß auf jeden Fall zu der Sitzung eingeladen werden; wenn Sie sich heute meinem Plane gemäß verhalten, wird die Einladung zu einer dringenden Bitte werden. Sollten Sie aber aus irgendeinem unerfindlichen Grunde doch nicht eingeladen werden, so müßten Sie allerdings die Einladung verlangen; daß Sie sie dann erhalten, ist zweifellos. Nun sitzen Sie also morgen mit den Damen in der Loge des Kommandanten. Er versichert sich öfters durch Blicke nach oben, daß Sie da sind. Nach verschiedenen gleichgültigen, lächerlichen, nur für die Zuhörer berechneten Verhandlungsgegenständen – meistens sind es Hafenbauten, immer wieder Hafenbauten! – kommt auch das Gerichtsverfahren zur Sprache. Sollte es von seiten des Kommandanten nicht oder nicht bald genug geschehen, so werde ich dafür sorgen, daß es geschieht. Ich werde aufstehen und die Meldung von der heutigen Exekution erstatten. Ganz kurz, nur diese Meldung. Eine solche Meldung ist zwar dort nicht üblich, aber ich tue es doch. Der Kommandant dankt mir, wie immer, mit freundlichem Lächeln und nun, er kann sich nicht zurückhalten, erfaßt er die gute Gelegenheit. ›Es wurde eben‹, so oder ähnlich wird er sprechen, ›die Meldung von der Exekution erstattet. Ich möchte dieser Meldung nur hinzufügen, daß gerade dieser Exekution der große Forscher beigewohnt hat, von dessen unsere Kolonie so außerordentlich ehrendem Besuch Sie alle wissen. Auch unsere heutige Sitzung ist durch seine Anwesenheit in ihrer Bedeutung erhöht. Wollen wir nun nicht an diesen großen Forscher die Frage richten, wie er die Exekution nach altem Brauch und das Verfahren, das ihr vorhergeht, beurteilt?‹ Natürlich überall Beifallklatschen, allgemeine Zustimmung, ich bin der lauteste. Der Kommandant verbeugt sich vor Ihnen und sagt: ›Dann stelle ich im Namen aller die Frage.‹ Und nun treten Sie an die Brüstung.

Legen Sie die Hände für alle sichtbar hin, sonst fassen sie die Damen und spielen mit den Fingern. – Und jetzt kommt endlich Ihr Wort. Ich weiß nicht, wie ich die Spannung der Stunden bis dahin ertragen werde. In Ihrer Rede müssen Sie sich keine Schranken setzen, machen Sie mit der Wahrheit Lärm, beugen Sie sich über die Brüstung, brüllen Sie, aber ja, brüllen Sie dem Kommandanten Ihre Meinung, Ihre unerschütterliche Meinung zu. Aber vielleicht wollen Sie das nicht, es entspricht nicht Ihrem Charakter, in Ihrer Heimat verhält man sich vielleicht in solchen Lagen anders, auch das ist richtig, auch das genügt vollkommen, stehen Sie gar nicht auf, sagen Sie nur ein paar Worte, flüstern Sie sie, daß sie gerade noch die Beamten unter Ihnen hören, es genügt, Sie müssen gar nicht selbst von der mangelnden Teilnahme an der Exekution, von dem kreischenden Rad, dem zerrissenen Riemen, dem widerlichen Filz reden, nein, alles weitere übernehme ich, und glauben Sie, wenn meine Rede ihn nicht aus dem Saale jagt, so wird sie ihn auf die Knie zwingen, daß er bekennen muß: Alter Kommandant, vor dir beuge ich mich. – Das ist mein Plan; wollen Sie mir zu seiner Ausführung helfen? Aber natürlich wollen Sie, mehr als das, Sie müssen.« Und der Offizier faßte den Reisenden an beiden Armen und sah ihm schweratmend ins Gesicht. Die letzten Sätze hatte er so geschrien, daß selbst der Soldat und der Verurteilte aufmerksam geworden waren; trotzdem sie nichts verstehen konnten, hielten sie doch im Essen inne und sahen kauend zum Reisenden hinüber.

Die Antwort, die er zu geben hatte, war für den Reisenden von allem Anfang an zweifellos; er hatte in seinem Leben zu viel erfahren, als daß er hier hätte schwanken können; er war im Grunde ehrlich und hatte keine Furcht. Trotzdem zögerte er jetzt im Anblick des Soldaten und des Verurteilten einen Atemzug lang. Schließlich aber sagte er, wie er mußte: »Nein.« Der Offizier blinzelte mehrmals mit den Augen, ließ aber keinen Blick von ihm. »Wollen Sie eine Erklärung?« fragte der Reisende. Der Offizier nickte stumm. »Ich bin ein Gegner dieses Verfahrens«, sagte nun der Reisende, »noch ehe Sie mich ins Vertrauen zogen – dieses Vertrauen werde ich natürlich unter keinen Umständen mißbrauchen – habe ich schon überlegt, ob ich berechtigt wäre, gegen dieses Verfahren einzuschreiten und ob mein Einschreiten auch nur eine kleine Aussicht auf Erfolg haben könnte. An wen ich mich dabei zuerst wenden müßte, war mir klar: an den Kommandanten natürlich. Sie haben es mir noch klarer gemacht, ohne aber etwa meinen Entschluß erst befestigt zu haben, im Gegenteil, Ihre ehrliche Überzeugung geht mir nahe, wenn sie mich auch nicht beirren kann.«

Der Offizier blieb stumm, wendete sich der Maschine zu, faßte eine der Messingstangen und sah dann, ein wenig zurückgebeugt, zum Zeichner hinauf, als prüfe er, ob alles in Ordnung sei. Der Soldat und der Verurteilte schienen sich miteinander befreundet zu haben; der Verurteilte machte, so schwierig dies bei der festen Einschnallung durchzuführen war, dem Soldaten Zeichen; der Soldat beugte sich zu ihm; der Verurteilte flüsterte ihm etwas zu und der Soldat nickte.

Der Reisende ging dem Offizier nach und sagte: »Sie wissen noch nicht, was ich tun will. Ich werde meine Ansicht über das Verfahren dem Kommandanten zwar sagen, aber nicht in einer Sitzung, sondern unter vier Augen; ich werde auch nicht so lange hier bleiben, daß ich irgendeiner Sitzung beigezogen werden könnte; ich fahre schon morgen früh weg oder schiffe mich wenigstens ein.«

Es sah nicht aus, als ob der Offizier zugehört hätte. »Das Verfahren hat Sie also nicht überzeugt«, sagte er für sich und lächelte, wie ein Alter über den Unsinn eines Kindes lächelt und hinter dem Lächeln sein eigenes wirkliches Nachdenken behält.

»Dann ist es also Zeit«, sagte er schließlich und blickte plötzlich mit hellen Augen, die irgendeine Aufforderung, irgendeinen Aufruf zur Beteiligung enthielten, den Reisenden an.

»Wozu ist es Zeit?« fragte der Reisende unruhig, bekam aber keine Antwort.

»Du bist frei«, sagte der Offizier zum Verurteilten in dessen Sprache. Dieser glaubte es zuerst nicht. »Nun, frei bist du«, sagte der Offizier. Zum erstenmal bekam das Gesicht des Verurteilten wirkliches Leben. War es Wahrheit? War es nur eine Laune des Offiziers, die vorübergehen konnte? Hatte der fremde Reisende ihm Gnade erwirkt? Was war es? So schien sein Gesicht zu fragen. Aber nicht lange. Was immer es sein mochte, er wollte, wenn er durfte, wirklich frei sein und er begann sich zu rütteln, soweit es die Egge erlaubte.

»Du zerreißt mir die Riemen«, schrie der Offizier, »sei ruhig! Wir öffnen sie schon.« Und er machte sich mit dem Soldaten, dem er ein Zeichen gab, an die Arbeit. Der Verurteilte lachte ohne Worte leise vor sich hin, bald wendete er das Gesicht links zum Offizier, bald rechts zum Soldaten, auch den Reisenden vergaß er nicht.

»Zieh ihn heraus«, befahl der Offizier dem Soldaten. Es mußte hiebei wegen der Egge einige Vorsicht angewendet werden. Der Verurteilte hatte schon infolge seiner Ungeduld einige kleine Rißwunden auf dem Rücken.

Von jetzt ab kümmerte sich aber der Offizier kaum mehr um ihn. Er ging auf den Reisenden zu, zog wieder die kleine Ledermappe hervor, blätterte in ihr, fand schließlich das Blatt, das er suchte, und zeigte es dem Reisenden. »Lesen Sie«, sagte er. »Ich kann nicht«, sagte der Reisende, »ich sagte schon, ich kann diese Blätter nicht lesen.« »Sehen Sie das Blatt doch genau an«, sagte der Offizier und trat neben den Reisenden, um mit ihm zu lesen. Als auch das nichts half, fuhr er mit dem kleinen Finger in großer Höhe, als dürfe das Blatt auf keinen Fall berührt werden, über das Papier hin, um auf diese Weise dem Reisenden das Lesen zu erleichtern. Der Reisende gab sich auch Mühe, um wenigstens darin dem Offizier gefällig sein zu können, aber es war ihm unmöglich. Nun begann der Offizier die Aufschrift zu buchstabieren und dann las er sie noch einmal im Zusammenhang. »›Sei gerecht!‹ – heißt es«, sagte er, »jetzt können Sie es doch lesen.« Der Reisende beugte sich so tief über das Papier, daß der Offizier aus Angst vor einer Berührung es weiter entfernte; nun sagte der Reisende zwar nichts mehr, aber es war klar, daß er es noch immer nicht hatte lesen können. »›Sei gerecht!‹ – heißt es«, sagte der Offizier nochmals. »Mag sein«, sagte der Reisende, »ich glaube es, daß es dort steht.« »Nun gut«, sagte der Offizier, wenigstens teilweise befriedigt, und stieg mit dem Blatt auf die Leiter; er bettete das Blatt mit großer Vorsicht im Zeichner und ordnete das Räderwerk scheinbar gänzlich um; es war eine sehr mühselige Arbeit, es mußte sich auch um ganz kleine Räder handeln, manchmal verschwand der Kopf des Offiziers völlig im Zeichner, so genau mußte er das Räderwerk untersuchen.

Der Reisende verfolgte von unten diese Arbeit ununterbrochen, der Hals wurde ihm steif, und die Augen schmerzten ihn von dem mit Sonnenlicht überschütteten Himmel. Der Soldat und der Verurteilte waren nur miteinander beschäftigt. Das Hemd und die Hose des Verurteilten, die schon in der Grube lagen, wurden vom Soldaten mit der Bajonettspitze herausgezogen. Das Hemd war entsetzlich schmutzig, und der Verurteilte wusch es in dem Wasserkübel. Als er dann Hemd und Hose anzog, mußte der Soldat wie der Verurteilte laut lachen, denn die Kleidungsstücke waren doch hinten entzweigeschnitten. Vielleicht glaubte der Verurteilte verpflichtet zu sein, den Soldaten zu unterhalten, er drehte sich in der zerschnittenen Kleidung im Kreise vor dem Soldaten, der auf dem Boden hockte und lachend auf seine Knie schlug. Immerhin bezwangen sie sich noch mit Rücksicht auf die Anwesenheit der Herren.

Als der Offizier oben endlich fertiggeworden war, überblickte er noch einmal lächelnd das Ganze in allen seinen Teilen, schlug diesmal den Deckel des Zeichners zu, der bisher offen gewesen war, stieg hinunter, sah in die Grube und dann auf den Verurteilten, merkte befriedigt, daß dieser seine Kleidung herausgenommen hatte, ging dann zu dem Wasserkübel, um die Hände zu waschen, erkannte zu spät den widerlichen Schmutz, war traurig darüber, daß er nun die Hände nicht waschen konnte, tauchte sie schließlich – dieser Ersatz genügte ihm nicht, aber er mußte sich fügen – in den Sand, stand dann auf und begann seinen Uniformrock aufzuknöpfen. Hiebei fielen ihm zunächst die zwei Damentaschentücher, die er hinter den Kragen gezwängt hatte, in die Hände. »Hier hast du deine Taschentücher«, sagte er und warf sie dem Verurteilten zu. Und zum Reisenden sagte er erklärend: »Geschenke der Damen.«

Trotz der offenbaren Eile, mit der er den Uniformrock auszog und sich dann vollständig entkleidete, behandelte er doch jedes Kleidungsstück sehr sorgfältig, über die Silberschnüre an seinem Waffenrock strich er sogar eigens mit den Fingern hin und schüttelte eine Troddel zurecht. Wenig paßte es allerdings zu dieser Sorgfalt, daß er, sobald er mit der Behandlung eines Stückes fertig war, es dann sofort mit einem unwilligen Ruck in die Grube warf. Das letzte, was ihm übrig blieb, war sein kurzer Degen mit dem Tragriemen. Er zog den Degen aus der Scheide, zerbrach ihn, faßte dann alles zusammen, die Degenstücke, die Scheide und den Riemen und warf es so heftig weg, daß es unten in der Grube aneinander klang.

Nun stand er nackt da. Der Reisende biß sich auf die Lippen und sagte nichts. Er wußte zwar, was geschehen würde, aber er hatte kein Recht, den Offizier an irgend etwas zu hindern. War das Gerichtsverfahren, an dem der Offizier hing, wirklich so nahe daran behoben zu werden – möglicherweise infolge des Einschreitens des Reisenden, zu dem sich dieser seinerseits verpflichtet fühlte – dann handelte jetzt der Offizier vollständig richtig; der Reisende hätte an seiner Stelle nicht anders gehandelt.

Der Soldat und der Verurteilte verstanden zuerst nichts, sie sahen anfangs nicht einmal zu. Der Verurteilte war sehr erfreut darüber, die Taschentücher zurückerhalten zu haben, aber er durfte sich nicht lange an ihnen freuen, denn der Soldat nahm sie ihm mit einem raschen, nicht vorherzusehenden Griff. Nun versuchte wieder der Verurteilte dem Soldaten die Tücher hinter dem Gürtel, hinter dem er sie verwahrt hatte, hervorzuziehen, aber der Soldat war wachsam. So stritten sie in halbem Scherz. Erst als der Offizier vollständig nackt war, wurden sie aufmerksam. Besonders der Verurteilte schien von der Ahnung irgendeines großen Umschwungs getroffen zu sein. Was ihm geschehen war, geschah nun dem Offizier. Vielleicht würde es so bis zum Äußersten gehen. Wahrscheinlich hatte der fremde Reisende den Befehl dazu gegeben. Das war also Rache. Ohne selbst bis zum Ende gelitten zu haben, wurde er doch bis zum Ende gerächt. Ein breites, lautloses Lachen erschien nun auf seinem Gesicht und verschwand nicht mehr.

Der Offizier aber hatte sich der Maschine zugewendet. Wenn es schon früher deutlich gewesen war, daß er die Maschine gut verstand, so konnte es jetzt einen fast bestürzt machen, wie er mit ihr umging und wie sie gehorchte. Er hatte die Hand der Egge nur genähert, und sie hob und senkte sich mehrmals, bis sie die richtige Lage erreicht hatte um ihn zu empfangen; er faßte das Bett nur am Rande, und es fing schon zu zittern an; der Filzstumpf kam seinem Mund entgegen, man sah, wie der Offizier ihn eigentlich nicht haben wollte, aber das Zögern dauerte nur einen Augenblick, gleich fügte er sich und nahm ihn auf. Alles war bereit, nur die Riemen hingen noch an den Seiten hinunter, aber sie waren offenbar unnötig, der Offizier mußte nicht angeschnallt sein. Da bemerkte der Verurteilte die losen Riemen, seiner Meinung nach war die Exekution nicht vollkommen, wenn die Riemen nicht festgeschnallt waren, er winkte eifrig dem Soldaten, und sie liefen hin, den Offizier anzuschnallen. Dieser hatte schon den einen Fuß ausgestreckt, um in die Kurbel zu stoßen, die den Zeichner in Gang bringen sollte; da sah er, daß die zwei gekommen waren; er zog daher den Fuß zurück und ließ sich anschnallen. Nun konnte er allerdings die Kurbel nicht mehr erreichen; weder der Soldat noch der Verurteilte würden sie auffinden, und der Reisende war entschlossen, sich nicht zu rühren. Es war nicht nötig; kaum waren die Riemen angebracht, fing auch schon die Maschine zu arbeiten an; das Bett zitterte, die Nadeln tanzten auf der Haut, die Egge schwebte auf und ab. Der Reisende hatte schon eine Weile hingestarrt, ehe er sich erinnerte, daß ein Rad im Zeichner hätte kreischen sollen; aber alles war still, nicht das geringste Surren war zu hören.

Durch diese stille Arbeit entschwand die Maschine förmlich der Aufmerksamkeit. Der Reisende sah zu dem Soldaten und dem Verurteilten hinüber. Der Verurteilte war der lebhaftere, alles an der Maschine interessierte ihn, bald beugte er sich nieder, bald streckte er sich, immerfort hatte er den Zeigefinger ausgestreckt, um dem Soldaten etwas zu zeigen. Dem Reisenden war es peinlich. Er war entschlossen, hier bis zum Ende zu bleiben, aber den Anblick der zwei hätte er nicht lange ertragen. »Geht nach Hause«, sagte er. Der Soldat wäre dazu vielleicht bereit gewesen, aber der Verurteilte empfand den Befehl geradezu als Strafe. Er bat flehentlich mit gefalteten Händen ihn hier zu lassen, und als der Reisende kopfschüttelnd nicht nachgeben wollte, kniete er sogar nieder. Der Reisende sah, daß Befehle hier nichts halfen, er wollte hinüber und die zwei vertreiben. Da hörte er oben im Zeichner ein Geräusch. Er sah hinauf. Störte also das eine Zahnrad doch? Aber es war etwas anderes. Langsam hob sich der Deckel des Zeichners und klappte dann vollständig auf. Die Zacken eines Zahnrades zeigten und hoben sich, bald erschien das ganze Rad, es war, als presse irgendeine große Macht den Zeichner zusammen, so daß für dieses Rad kein Platz mehr übrig blieb, das Rad drehte sich bis zum Rand des Zeichners, fiel hinunter, kollerte aufrecht ein Stück im Sand und blieb dann liegen. Aber schon stieg oben ein anderes auf, ihm folgten viele,

große, kleine und kaum zu unterscheidende, mit allen ge-
schah dasselbe, immer glaubte man, nun müsse der Zeichner
jedenfalls schon entleert sein, da erschien eine neue, beson-
ders zahlreiche Gruppe, stieg auf, fiel hinunter, kollerte
im Sand und legte sich. Über diesem Vorgang vergaß der
Verurteilte ganz den Befehl des Reisenden, die Zahnräder
entzückten ihn völlig, er wollte immer eines fassen, trieb
gleichzeitig den Soldaten an, ihm zu helfen, zog aber er-
schreckt die Hand zurück, denn es folgte gleich ein anderes
Rad, das ihn, wenigstens im ersten Anrollen, erschreckte.

Der Reisende dagegen war sehr beunruhigt; die Maschine
ging offenbar in Trümmer; ihr ruhiger Gang war eine Täu-
schung; er hatte das Gefühl, als müsse er sich jetzt des Offi-
ziers annehmen, da dieser nicht mehr für sich selbst sorgen
konnte. Aber während der Fall der Zahnräder seine ganze
Aufmerksamkeit beanspruchte, hatte er versäumt, die üb-
rige Maschine zu beaufsichtigen; als er jedoch jetzt, nach-
dem das letzte Zahnrad den Zeichner verlassen hatte, sich
über die Egge beugte, hatte er eine neue, noch ärgere Über-
raschung. Die Egge schrieb nicht, sie stach nur, und das Bett
wälzte den Körper nicht, sondern hob ihn nur zitternd in
die Nadeln hinein. Der Reisende wollte eingreifen, mögli-
cherweise das Ganze zum Stehen bringen, das war ja keine
Folter, wie sie der Offizier erreichen wollte, das war unmit-
telbarer Mord. Er streckte die Hände aus. Da hob sich aber
schon die Egge mit dem aufgespießten Körper zur Seite,
wie sie es sonst erst in der zwölften Stunde tat. Das Blut
floß in hundert Strömen, nicht mit Wasser vermischt, auch
die Wasserröhrchen hatten diesmal versagt. Und nun ver-
sagte noch das letzte, der Körper löste sich von den langen
Nadeln nicht, strömte sein Blut aus, hing aber über der
Grube ohne zu fallen. Die Egge wollte schon in ihre alte
Lage zurückkehren, aber als merke sie selbst, daß sie von
ihrer Last noch nicht befreit sei, blieb sie doch über der
Grube. »Helft doch!« schrie der Reisende zum Soldaten
und zum Verurteilten hinüber und faßte selbst die Füße des

Offiziers. Er wollte sich hier gegen die Füße drücken, die zwei sollten auf der anderen Seite den Kopf des Offiziers fassen, und so sollte er langsam von den Nadeln gehoben werden. Aber nun konnten sich die zwei nicht entschließen zu kommen; der Verurteilte drehte sich geradezu um; der Reisende mußte zu ihnen hinübergehen und sie mit Gewalt zu dem Kopf des Offiziers drängen. Hiebei sah er fast gegen Willen das Gesicht der Leiche. Es war, wie es im Leben gewesen war; kein Zeichen der versprochenen Erlösung war zu entdecken; was alle anderen in der Maschine gefunden hatten, der Offizier fand es nicht; die Lippen waren fest zusammengedrückt, die Augen waren offen, hatten den Ausdruck des Lebens, der Blick war ruhig und überzeugt, durch die Stirn ging die Spitze des großen eisernen Stachels.

*   *   *

Als der Reisende, mit dem Soldaten und dem Verurteilten hinter sich, zu den ersten Häusern der Kolonie kam, zeigte der Soldat auf eines und sagte: »Hier ist das Teehaus.«
Im Erdgeschoß eines Hauses war ein tiefer, niedriger, höhlenartiger, an den Wänden und an der Decke verräucherter Raum. Gegen die Straße zu war er in seiner ganzen Breite offen. Trotzdem sich das Teehaus von den übrigen Häusern der Kolonie, die bis auf die Palastbauten der Kommandatur alle sehr verkommen waren, wenig unterschied, übte es auf den Reisenden doch den Eindruck einer historischen Erinnerung aus und er fühlte die Macht der früheren Zeiten. Er trat näher heran, ging, gefolgt von seinen Begleitern, zwischen den unbesetzten Tischen hindurch, die vor dem Teehaus auf der Straße standen, und atmete die kühle, dumpfige Luft ein, die aus dem Innern kam. »Der Alte ist hier begraben«, sagte der Soldat, »ein Platz auf dem Friedhof ist ihm vom Geistlichen verweigert worden. Man war eine Zeitlang unentschlossen, wo man ihn begraben sollte, schließlich hat man ihn hier begraben. Davon hat Ihnen der

Offizier gewiß nichts erzählt, denn dessen hat er sich natürlich am meisten geschämt. Er hat sogar einigemal in der Nacht versucht, den Alten auszugraben, er ist aber immer verjagt worden.« »Wo ist das Grab?« fragte der Reisende, der dem Soldaten nicht glauben konnte. Gleich liefen beide, der Soldat wie der Verurteilte, vor ihm her und zeigten mit ausgestreckten Händen dorthin, wo sich das Grab befinden sollte. Sie führten den Reisenden bis zur Rückwand, wo an einigen Tischen Gäste saßen. Es waren wahrscheinlich Hafenarbeiter, starke Männer mit kurzen, glänzend schwarzen Vollbärten. Alle waren ohne Rock, ihre Hemden waren zerrissen, es war armes, gedemütigtes Volk. Als sich der Reisende näherte, erhoben sich einige, drückten sich an die Wand und sahen ihm entgegen. »Es ist ein Fremder«, flüsterte es um den Reisenden herum, »er will das Grab ansehen.« Sie schoben einen der Tische beiseite, unter dem sich wirklich ein Grabstein befand. Es war ein einfacher Stein, niedrig genug, um unter einem Tisch verborgen werden zu können. Er trug eine Aufschrift mit sehr kleinen Buchstaben, der Reisende mußte, um sie zu lesen, niederknien. Sie lautete: »Hier ruht der alte Kommandant. Seine Anhänger, die jetzt keinen Namen tragen dürfen, haben ihm das Grab gegraben und den Stein gesetzt. Es besteht eine Prophezeiung, daß der Kommandant nach einer bestimmten Anzahl von Jahren auferstehen und aus diesem Hause seine Anhänger zur Wiedereroberung der Kolonie führen wird. Glaubet und wartet!« Als der Reisende das gelesen hatte und sich erhob, sah er rings um sich die Männer stehen und lächeln, als hätten sie mit ihm die Aufschrift gelesen, sie lächerlich gefunden und forderten ihn auf, sich ihrer Meinung anzuschließen. Der Reisende tat, als merke er das nicht, verteilte einige Münzen unter sie, wartete noch, bis der Tisch über das Grab geschoben war, verließ das Teehaus und ging zum Hafen.

Der Soldat und der Verurteilte hatten im Teehaus Bekannte gefunden, die sie zurückhielten. Sie mußten sich

aber bald von ihnen losgerissen haben, denn der Reisende
befand sich erst in der Mitte der langen Treppe, die zu den
Booten führte, als sie ihm schon nachliefen. Sie wollten
wahrscheinlich den Reisenden im letzten Augenblick zwin-
gen, sie mitzunehmen. Während der Reisende unten mit ei-
nem Schiffer wegen der Überfahrt zum Dampfer unterhan-
delte, rasten die zwei die Treppe hinab, schweigend, denn
zu schreien wagten sie nicht. Aber als sie unten ankamen,
war der Reisende schon im Boot, und der Schiffer löste es
gerade vom Ufer. Sie hätten noch ins Boot springen können,
aber der Reisende hob ein schweres geknotetes Tau vom
Boden, drohte ihnen damit und hielt sie dadurch von dem
Sprunge ab.

Zu dieser Ausgabe

Im vorliegenden Band sind Erzählungen und kleinere Prosa-skizzen Franz Kafkas versammelt, die im Zeitraum von etwa 1906 bis 1914 entstanden sind. Alle diese Texte sind zu Lebzeiten des Autors veröffentlicht worden. Dies mag für einige überraschend sein, der verbreiteten Ansicht zufolge, daß Kafkas Werke erst nach seinem Tod von seinem Freund Max Brod publiziert worden seien. Kafka gilt vielen als Inbegriff eines unglücklichen Menschen. Mit ihm assoziieren sie im Grunde nur Negatives: Pessimismus, Einsamkeit, Krankheit und frühen Tod. Wenn man sie tatsächlich aufforderte, im konkreten Sinn ein Bild dieses Menschen zu malen, so würden sie ihn zeichnen, wie er in einem kargen, düsteren Zimmer, das von einer Kerze erleuchtet ist, über ein Blatt gebeugt am Schreibtisch sitzt und für sich selbst schreibt. Eine aufmerksame Lektüre seiner Briefe und Tagebuchaufzeichnungen sowie der Erinnerungen von Zeitgenossen an ihn würde für die Anhänger eines solchen Kafka-Bildes eine Reihe von Überraschungen ergeben. Wie sollte es mit der Vorstellung von dem großen Einsamen, der in selbstgewählter Abgeschiedenheit seine phantastisch-finsteren Geschichten zu Papier bringt, zu vereinbaren sein, daß dieser es offenbar auch verstand, sein Leben zu genießen und durchaus die Gesellschaft anderer suchte: daß er zum Beispiel als junger Mann in den Ferien mit dem Motorrad über die Landstraßen Böhmens knatterte, Tennis spielte, sich für technische Neuerungen wie Flugzeuge und Automobile interessierte, oft und mit Begeisterung ins Kino ging und sich auch mit Freunden Hals über Kopf ins Prager Nachtleben stürzte, sich zum Beispiel den Auftritt der vier Rocking Girls im Kabarett Lucerna ebensowenig entgehen ließ wie den der Nackttänzerin Odys. Verabschieden müßte man aber auch die Vorstellung, daß der Prager Autor 1924 unbekannt und verkannt ins Grab sank. Weit verbreitet ist die Ansicht, daß Kafka erst Jahrzehnte nach seinem Tod Leser gefunden habe, und dies quasi gegen seinen Willen, da er testamentarisch die Vernichtung seiner Manuskripte verfügt hatte. Wahr ist, daß die Romane aus dem Nachlaß publiziert wurden.

Wahr ist aber auch, daß die Erzählungen – Texte wie *Das Urteil*, *Die Verwandlung*, *In der Strafkolonie* –, auf denen sein Weltruhm nicht weniger gründet, von ihm selbst zur Publikation gegeben wurden. An die fünfzig Titel umfaßt eine Bibliographie seiner Veröffentlichungen zu Lebzeiten, und wenn er sich auch beim großen Lesepublikum keinen Namen gemacht hatte, so war er doch durchaus kein unbekannter Autor. Brods Aussage in seinem Nachwort zur ersten Ausgabe des Romans *Der Proceß* (1925), daß er »fast alles, was Kafka veröffentlicht hat«, diesem mit »List und Überredungskunst« abgefordert habe, kann nicht unwidersprochen bleiben. Allerdings muß man einräumen, daß einige der frühesten Publikationen ohne die Intervention Brods nicht zustande gekommen wären. Brod hatte Kafka 1904 in Prag kennengelernt, lange Zeit aber nichts davon gewußt, daß dieser literarisch tätig war. Als er die ersten Proben aus dessen Werk zu sehen bekam, war er sofort vom Talent des um ein Jahr Älteren überzeugt und drängte ihn immer wieder zur Veröffentlichung. Er besaß als Schriftsteller die nötigen Verlagsverbindungen und lancierte gewissermaßen Kafka. Brod war wenig skrupulös, was die Qualität von Texten anbelangte, die der Öffentlichkeit im Druck vorgestellt wurden. Kafka dagegen hielt seine frühen Stücke einfach noch nicht für publikationswürdig, er glaubte, noch nicht sein Bestes gegeben zu haben. Der erste Text, der vor seinen Augen wirklich Bestand hatte, war die im September 1912 entstandene Erzählung *Das Urteil*. Diese Erzählung bestimmte er selbst sofort nach ihrer Fertigstellung zur Publikation, und auch in der Folgezeit nahm er dann persönlich Kontakt zu Verlagen, Zeitungen und Zeitschriften auf, um Texte anzubieten, die es seiner Meinung nach verdient hatten, von anderen gelesen zu werden. Wenn er etwas für mißlungen oder unfertig hielt, wie etwa im Fall der Romane *Der Proceß* und *Das Schloß*, blieb er – auch Brod gegenüber – hart.

In der vorliegenden Ausgabe wird die erste Phase der schriftstellerischen Produktion Kafkas, in der er nur ungern und zögernd etwas zum Druck gab, durch die Titel *Gespräch mit dem Beter*, *Gespräch mit dem Betrunkenen*, *Großer Lärm* und *Betrachtung* dokumentiert. Von dem frühesten erhaltenen literarischen Text *Hochzeitsvorbereitungen auf dem Lande* hat Kafka nie etwas veröffentlicht, während aus dem chronologisch zweiten, *Beschreibung eines Kampfes*, sowohl die beiden »Gespräche« als auch einige der in dem Band *Betrachtung* publizierten Skizzen herausgenommen wurden. Die zweite Phase beginnt mit dem hier abgedruckten Text *Das Urteil*. Die Niederschrift dieser Erzählung ermutigte Kafka Ende 1912 dazu, den Versuch zu unternehmen, einen *Amerika*-Roman zu schreiben. Die Arbeit an diesem Roman wurde durch die Niederschrift der *Verwandlung* unterbrochen (1912/13); dieser Text liegt in einem gesonderten Band in Reclams Universal-Bibliothek (Nr. 9900) vor. Die Erzählung *In der Strafkolonie*, die hier den Abschluß bildet, entstand 1914, als die Arbeit an dem Roman *Der Proceß* stagnierte.

Zu den einzelnen Texten

Gespräch mit dem Beter
Gespräch mit dem Betrunkenen

Entstehung: Beide Texte wurden von Kafka aus dem von ihm als »Novelle« bezeichneten Text *Beschreibung eines Kampfes* herausgenommen, der in zwei Fassungen vorliegt. Die Fassung A, die die Vorlage für den Druck der beiden »Gespräche« lieferte, entstand vermutlich in zwei zeitlich relativ weit auseinander liegenden Arbeitsphasen, nämlich im Sommer und Herbst 1904 und im Jahr 1907 (vgl. KKAN 1 App.-Bd. 47); sie hat weitgehend Reinschriftcharakter, geht also auf ältere, nicht erhaltene Manuskripte zurück. Das *Gespräch mit dem Beter* wurde wohl während der ersten Phase konzipiert, das *Gespräch mit dem Betrunkenen* während der zweiten. Der erste Teil der Fassung B der *Beschreibung eines Kampfes* erweist sich als Bearbeitung des bereits in der früheren Fassung vorliegenden Textes, dann entwickelt sich jedoch die Novelle ganz anders, so daß von einer »Neukonzeption« gesprochen werden kann (vgl. KKAN 1 App.-Bd. 52). Vermutlich erfolgte der Ansatz zur Ausarbeitung der – fragmentarisch gebliebenen – neuen Fassung aber erst, nachdem die aus der Fassung A herausgelösten

Partien im März/April 1909 im Druck erschienen waren, wobei nicht auszuschließen ist, daß diese Veröffentlichung sogar den Anlaß zu einer radikalen Umgestaltung des bereits Geschriebenen gegeben hat. Max Brod gegenüber äußerte Kafka nämlich seine Unzufriedenheit mit den publizierten Texten. In einem Brief an den Freund aus dem Jahr 1912, in dem es um die Vorbereitung des Bandes *Betrachtung* geht, heißt es: »[…] willst Du mir wirklich raten […] etwas Schlechtes drucken zu lassen, das mich dann anwidern würde, wie die zwei Gespräche im Hyperion.« (BKB 110)

Der Abdruck der beiden Gespräche kam durch die Vermittlung Brods zustande. Kafka, der mit Franz Blei, dem Herausgeber des *Hyperion*, flüchtig bekannt war, hatte diesem schon im Sommer 1907 acht kurze Prosatexte überlassen, die dann in der Ausgabe der Zeitschrift vom Januar/Februar 1908 unter dem Titel *Betrachtung* erschienen. Brod, der glaubte, Kafka den Weg in die literarische Öffentlichkeit ebnen zu müssen, schickte Blei dann zwei weitere Manuskripte seines Freundes zu, eben die beiden »Gespräche«. Dieser Sachverhalt erklärt auch den vorwurfsvollen Ton, den Kafka in dem zitierten Brief von 1912 gegenüber Brod anschlägt.

Überlieferung: handschriftlich innerhalb des Manuskripts der Fassung A der *Beschreibung eines Kampfes* (»Schwarzes Wachstuchheft«), die erste Textpassage unter der Überschrift »b Begonnenes Gespräch mit dem Beter«, die zweite nach einem Leerraum innerhalb des Abschnitts »c Geschichte des Beters«; zur Textgestalt der handschriftlichen Fassung siehe KKAN 1,84–95 und KKAN 1,101–107. – Druck: In: Hyperion. Eine Zweimonatsschrift. Hrsg. von Franz Blei. Folge 2. Bd. 1. H. 8 (März/April). München: Hans von Weber, 1909. S. 126–131; 131–133. [Textgrundlage.]

Großer Lärm

Entstehung: In seinem »dritten Tagebuchheft« brachte Kafka, der damals – wie auch seine Schwestern – bei seinen Eltern lebte, im Anschluß an eine Aufzeichnung vom 5. November

1911 eine Eintragung über seine Wohnverhältnisse, über die Bedingungen, unter denen er zu schreiben versuchte, zu Papier. Der Text war wohl nicht von Anfang an als literarische Skizze angelegt, sondern zunächst eher eine autobiographische Notiz, die Kafka jedoch der Prager Zeitschrift *Herder-Blätter* übergab. In der Oktobernummer der Zeitschrift waren Brod und Kafka mit Beiträgen vertreten: von Brod wurden drei Gedichte veröffentlicht, von Kafka die kleine Prosaskizze *Großer Lärm* – im Anhang in der Abteilung »Anmerkungen« und in einem sehr kleinen Schriftgrad. Die Tagebucheintragung wurde von Kafka für die Publikation kaum überarbeitet. Lediglich der Einleitungssatz »Ich will schreiben mit einem ständigen Zittern auf der Stirn« wurde gestrichen. Der Text hat im Tagebuch keinen Titel.

Überlieferung: handschriftlich im »dritten Tagebuchheft«; zur Textgestalt der handschriftlichen Fassung siehe KKAT 225 f. – Druck: In: Herder-Blätter. Hrsg. von Willy Haas, Norbert Eisler, Otto Pick. Jg. 1. Nr. 4/5 (Oktober). Prag: Verlag der Herder-Vereinigung, 1912. S. 44. [Textgrundlage.]

Betrachtung

Im Juni 1912 stellte Brod auf einer Ferienreise in Leipzig Kafka dem Verleger Ernst Rowohlt und dessen Sozius Kurt Wolff vor. Brod beabsichtigte, für den neu gegründeten Rowohlt-Verlag ein Jahrbuch herauszugeben, das die Öffentlichkeit mit den Texten einer ›neuen Dichtergruppe‹ bekannt machen sollte. Brod setzte sich – wohl völlig unerwartet für Kafka – bei den beiden Verlegern für seinen Freund ein. Das Ergebnis des Gesprächs hielt Kafka in seinem Reisetagebuch fest; aus der Formulierung scheint noch seine Überraschung zu sprechen: »R. will ziemlich ernsthaft ein Buch von mir« (KKAT 1023). Kafka quälte sich in den folgenden Wochen mit der »Herausgabe des kleinen Buches« (11. August 1912; KKAT 428) ab. Er besaß keinen längeren Text, der ihm für eine Veröffentlichung geeignet erschien. Um seine Zusage irgendwie einhalten zu können, stellte er daher eine Sammlung kleinerer Prosastücke zusammen. Dabei griff er zum einen auf Texte zurück, die bereits 1908 in der Zeitschrift *Hyperion* (siehe Druck A) und 1910 in der Tageszeitung *Bohemia* (siehe Druck B) erschienen waren. Außerdem sah er seine Manuskripte – einschließlich seiner Tagebuchhefte – nach unveröffentlichten, fertigen oder halbfertigen Texten durch, die hinzukommen könnten. Die Tatsache, daß er Rowohlt nur ältere Stücke anbieten konnte, war ihm besonders unangenehm, er glaubte, daß diese nicht sein wahres oder gewissermaßen aktuelles schriftstellerisches Vermögen erkennen ließen. »Eines ist z. B. darunter, das ist gewiß 8–10 Jahre alt«, schrieb er später an Felice Bauer (F 175). Trotz seiner Bedenken unterschrieb Kafka am 25. September den Vertrag und kündigte in dem Begleitbrief noch eine neue Fassung des Textes *Der plötzliche Spaziergang* an. – Von einer Reihe der in *Betrachtung* enthaltenen Texte sind keine Handschriften überliefert. Da sie auch nicht in Briefen oder Tagebuchaufzeichnungen erwähnt werden, gibt es keine Anhaltspunkte für ihre Datierung, in einigen Fällen liefert der Druck in *Hyperion* (1908) den Terminus ante quem für ihre Entstehung.

Kinder auf der Landstraße

Entstehung: Der Text ist im wesentlichen identisch mit dem von Kafka als »III« bezeichneten Abschnitt der 1909 niedergeschriebenen Fassung B der *Beschreibung eines Kampfes*. Dem ersten Absatz des gedruckten Textes geht in der Handschrift folgende Einleitung voraus: »Ich schlief und fuhr mit meinem ganzen Wesen in den ersten Traum hinein. Ich warf mich in ihm so in Angst und Schmerz herum, daß er es nicht ertrug, mich aber auch nicht wecken durfte, denn ich schlief doch nur, weil die Welt um mich zuende war. Und so lief ich durch den in seiner Tiefe gerissenen Traum und kehrte wie gerettet – dem Schlaf und dem Traum entflohn – in die Dörfer meiner Heimat zurück.« (KKAN 1,145)

Überlieferung: handschriftlich innerhalb des Manuskripts der Fassung B der *Beschreibung eines Kampfes* (Konvolut von losen Blättern); zur Textgestalt der handschriftlichen Fassung siehe KKAN 1,145–150. – Druck: C.

Entlarvung eines Bauernfängers

Entstehung: nach einer Tagebucheintragung am 8. August 1912 – also im Hinblick auf die Publikation in dem Sammelband *Betrachtung* – beendet: »›Bauernfänger‹ zur beiläufigen Zufriedenheit fertig gemacht.« (KKAT 427)

Überlieferung: Handschrift nicht erhalten. – Druck: C.

Der plötzliche Spaziergang

Entstehung: im Tagebuch nach einer Eintragung vom 5. Januar 1912 niedergeschrieben. Der Text trägt hier keinen Titel; darüber steht zwar, durch einen Querstrich von dem Text abgesetzt, »Die Einförmigkeit. Geschichte«, vermutlich ist damit aber ein anderes – wohl nicht ausgeführtes – Prosastück gemeint. Eine letzte Bearbeitung des Textes erfolgte im September 1912 (siehe S. 94).

Überlieferung: handschriftlich im »fünften Tagebuchheft«; zur Textgestalt der handschriftlichen Fassung siehe KKAT 347 f. – Druck: C.

Entschlüsse

Entstehung: Der Text folgt im Tagebuch Kafkas auf eine Eintragung vom 5. Februar 1912; er trägt dort keinen Titel. Die Initialen, mit denen in der gedruckten Fassung die Personen bezeichnet werden, ersetzen zwei Namen und eine Verwandtschaftsbezeichnung in der handschriftlichen Fassung:

A.] Löwy   *Gemeint ist Jizchak Löwy, ein Schauspieler, mit dem Kafka sich 1912 anfreundete*
B.] meine Schwester
C.] Max   *Gemeint ist Max Brod*

Überlieferung: handschriftlich im »fünften Tagebuchheft«; zur Textgestalt der handschriftlichen Fassung siehe KKAT 371 f. – Druck: C.

Der Ausflug ins Gebirge

Entstehung: Der Text stammt aus der 1909 niedergeschriebenen Fassung B der *Beschreibung eines Kampfes*. Er ist dort in dem zweiten mit »I« bezeichneten Abschnitt enthalten, dessen Mittelstück er bildet. Für den Druck wurde eine Rahmenhandlung gestrichen, in der beschrieben wird, wie der Ich-Erzähler seinem »Bekannten auf die Schultern« springt und ihn dazu zwingt, ihn im Trab durch die Gegend zu tragen. Der als *Ausflug ins Gebirge* veröffentlichte Text wird in direkter Rede von dem Ich-Erzähler vorgetragen, während er auf dem Rücken des Bekannten sitzt. Der Abschnitt endet damit, daß der ›Träger‹ zu Fall kommt und sich am Knie schwer verwundet. Der letzte Satz lautet: »Da er mir nicht mehr nützlich sein konnte, ließ ich ihn nicht ungern auf den Steinen und pfiff nur einige Geier aus der Höhe herab, die sich gehorsam mit ernstem Schnabel auf ihn setzten, um ihn zu bewachen.« (KKAN 1,142)

Überlieferung: handschriftlich innerhalb des Manuskripts der Fassung B der *Beschreibung eines Kampfes*; zur Textgestalt der handschriftlichen Fassung siehe KKAN 1,140–142. – Druck: C.

Das Unglück des Junggesellen

Entstehung: Der Text findet sich in Kafkas Tagebuch. Die letzte datierte Eintragung, die vorausgeht, ist vom 14. November 1911, es folgt eine vom 15. November. Der Text hat keinen Titel. Vor dem ersten Satz, aber in einer Zeile mit diesem und offenbar nicht als Überschrift gedacht, steht: »Vor dem Einschlafen«. Der handschriftliche Text variiert relativ stark gegenüber dem gedruckten. Die wesentlichen Abweichungen (die Fassung des Drucks steht vor, die der Handschrift nach der Lemmaklammer):

28,16 hinaufzudrängen] hinaufdrängen zu können, kranksein und nur den Trost der Aussicht aus seinem Fenster haben wenn man sich aufsetzen kann

28,17–19 führen ⟨…⟩ fremde Kinder] führen, die Fremdheit seiner Verwandten zu spüren bekommen, mit denen man nur durch das Mittel der Ehe befreundet bleiben kann, zuerst durch die Ehe seiner Eltern, dann wenn deren Wirkung vergeht durch die eigene, fremde Kinder

28,20 keine«, sich] keine, da keine Familie mit einem wächst ein unverän-
derliches Altersgefühl haben, sich
28,22 f. auszubilden. ⟨. . .⟩ Wirklichkeit] ausbilden. Das alles ist wahr, nur
begeht man leicht dabei den Fehler die künftigen Leiden so sehr vor
sich auszubreiten, daß der Blick weit über sie hinweggehn muß und
nicht mehr zurückkommt, während man doch in Wirklichkeit

Überlieferung: handschriftlich im »dritten Tagebuchheft«; zur
Textgestalt der handschriftlichen Fassung siehe KKAT 249 f. –
Druck: C.

Der Kaufmann

Entstehung: vor 1908.
Überlieferung: kein Manuskript erhalten. – Druck: A, C.

Zerstreutes Hinausschaun

Entstehung: vor 1908.
Überlieferung: kein Manuskript erhalten. – Druck: A, B, C.

Der Nachhauseweg

Entstehung: vor 1908.
Überlieferung: kein Manuskript erhalten. – Druck: A, C.

Die Vorüberlaufenden

Entstehung: vor 1908.
Überlieferung: kein Manuskript erhalten. – Druck: A, B, C.

Der Fahrgast

Entstehung: vor 1908.
Überlieferung: kein Manuskript erhalten. – Druck: A, B, C.

Kleider

Entstehung: Der Text wurde aus der 1907 niedergeschriebenen
Fassung A der *Beschreibung eines Kampfes* herausgenommen.
Er findet sich dort in Abschnitt »III«.

Überlieferung: handschriftlich im Manuskript der Fassung A
der *Beschreibung eines Kampfes*; zur Textgestalt der hand-
schriftlichen Fassung siehe KKAN 1,114 f. – Druck: A, B, C.

Die Abweisung

Entstehung: Ein Anhaltspunkt für die Datierung ergibt sich aus einem Brief Kafkas an seine Bekannte Hedwig Weiler. Er schickte ihr den Text und merkte an, daß es sich um eine »schlechte, vielleicht ein Jahr alte Kleinigkeit« (Br 50) handle. Der Brief ist von Kafka nicht datiert; Max Brod nimmt an, daß er vom November 1907 stammt. Wenn dies zutrifft, müßte die kleine Prosaskizze also gegen Ende des Jahres 1906 entstanden sein.

Überlieferung: kein Manuskript erhalten. – Druck: A, C.

Zum Nachdenken für Herrenreiter

Entstehung: Der Text erschien erstmals 1910. Es gibt keine Anhaltspunkte für eine nähere Datierung.

Überlieferung: kein Manuskript erhalten. – Druck: B, C.

Das Gassenfenster

Entstehung: Es gibt keine Anhaltspunkte für eine Datierung.
Überlieferung: kein Manuskript erhalten. – Druck: C.

Wunsch, Indianer zu werden

Entstehung: Es gibt keine Anhaltspunkte für eine Datierung.
Überlieferung: kein Manuskript erhalten. – Druck: C.

Die Bäume

Entstehung: Der Text wurde aus der 1907 niedergeschriebenen Fassung A der *Beschreibung eines Kampfes* herausgenommen. Die entsprechenden Sätze finden sich in dem »d Fortgesetztes Gespräch zwischen Dicken und dem Beter« bezeichneten Abschnitt, sie werden von dem »Dicken« gesprochen. Für den Druck wurde die Passage leicht überarbeitet.

Überlieferung: handschriftlich innerhalb des Manuskripts der Fassung A der *Beschreibung eines Kampfes*; zur Textgestalt der handschriftlichen Fassung siehe KKAN 1,110. – Druck: A, C.

Unglücklichsein

Entstehung: Der Text ist – unvollständig – auf den ersten Seiten von Kafkas »zweitem Tagebuchheft« enthalten. Er ist offenbar in mehreren Arbeitsphasen entstanden. Äußere wie auch inhaltliche Kriterien (siehe KKAT App.-Bd. 89) legen die Vermutung nahe, daß er Ende des Jahres 1909 in dem Heft, das damals noch kein Tagebuchheft war, sondern der Aufnahme von literarischen Skizzen dienen sollte, begonnen und zunächst bis zu der Stelle »augenblicklich« (39,20) geschrieben wurde. Eine spätere Fortführung endete bei der Stelle »Nichts weiß ich.« (39,33) In einer dritten Phase wurde der Text dann bis zu seinem Ende geführt. Da in dem Heft in der Zwischenzeit bereits andere Texte niedergeschrieben waren und der freie Raum zwischen der Stelle, an dem er abgebrochen worden war, und diesen Texten nicht ausreichte, wurden die letzten Passagen wohl auf einem separaten Blatt niedergeschrieben, welches sich nicht erhalten hat. Vermutlich ist die Erzählung erst im Februar oder März 1911 abgeschlossen worden, denn Brod notiert in seinem Tagebuch, daß Kafka ihm am 3. März 1911 *Unglücklichsein* vorgelesen habe. In der Regel pflegte dieser aber nur Texte vorzulesen, die er kurz zuvor beendet hatte.

Überlieferung: handschriftlich im »zweiten Tagebuchheft« bis 40,17 »ich glaube an Gespenster?«; der Schluß ist handschriftlich nicht erhalten. – Druck: C.

Drucke:

A Betrachtung. [8 durchlaufend numerierte Texte ohne Titel:] I [= Der Kaufmann]. II [= Zerstreutes Hinausschaun]. III [= Der Nachhauseweg]. IV [= Die Vorüberlaufenden]. V [= Kleider]. VI [= Der Fahrgast]. VII [= Die Abweisung]. VIII [= Die Bäume]. In: Hyperion. Eine Zweimonatsschrift. Hrsg. von Franz Blei und Carl Sternheim. [Folge 1.] Bd. 1. H. 1 (Januar/Februar). München: Hans von Weber, 1908. S. 91–94.

B Betrachtungen. Am Fenster [= Zerstreutes Hinausschaun]. In der Nacht [= Die Vorüberlaufenden]. Kleider. Der Fahr-

gast. Zum Nachdenken für Herrenreiter. In: Bohemia.
Jg. 83. Nr. 86 (Morgen-Ausgabe). Prag, Sonntag, 27. März
1910. S. 39.

C Franz Kafka: Betrachtung. Leipzig: Ernst Rowohlt, 1913
[ersch. Dezember 1912]. [Widmung:] Für M. B.
[Enthält die 18 Prosastücke, die in Textgestalt und Anord-
nung dem Abdruck in der vorliegenden Ausgabe zugrunde
liegen.]

Das Urteil

Entstehung: Über die Entstehung berichtet der Autor selbst in
einer Eintragung, die dem im »sechsten Tagebuchheft« im An-
schluß an eine Eintragung vom 20. September 1912 nieder-
geschriebenen Text unmittelbar folgt: »23 [September 1912]
Diese Geschichte ›das Urteil‹ habe ich in der Nacht vom 22 zum
23 von 10 Uhr abends bis 6 Uhr früh in einem Zug geschrie-
ben.« (KKAT 460) Den Entschluß, die Erzählung zu veröffent-
lichen, faßte er schon am Tag nach ihrer Fertigstellung; in dem
erwähnten Bericht über die Entstehung heißt es: »[...] Freude
daß ich etwas Schönes für Maxens Arcadia haben werde«
(KKAT 461). *Arkadia* war der Titel eines Jahrbuchs, das Max
Brod damals für den Rowohlt-Verlag (der kurze Zeit später von
Kurt Wolff übernommen wurde) zusammenstellte und das –
mit der Erzählung Kafkas – 1913 vorgelegt wurde. Kafka hielt
Das Urteil für eine seiner gelungensten Erzählungen und be-
trieb in der Folge weitere Veröffentlichungen des Textes. 1916
erschien er als Einzelband in der Reihe »Der jüngste Tag« des
Kurt Wolff Verlags; Kafka verbesserte für diesen Neudruck
nachweislich den Zeitschriftendruck von 1913. Dieser Druck ist
daher die Textgrundlage für die vorliegende Ausgabe. Seine Be-
teiligung am Zustandekommen der zweiten Auflage, die zwi-
schen 1920 und 1922 erschien, ist hingegen nicht gesichert.

Überlieferung: handschriftlich im »sechsten Tagebuchheft«; zur
Textgestalt der handschriftlichen Fassung siehe KKAT 442–460.
Die Titelgebung findet sich erst in der Eintragung, die sich an
den Text anschließt (KKAT 460).

Schluß des *Urteils* und Notiz zu seiner Entstehung
in Kafkas »sechstem Tagebuchheft«

Drucke:

Das Urteil. Eine Geschichte von Franz Kafka. [Widmung:] Für Fräulein Felice B. In: Arkadia. Ein Jahrbuch für Dichtkunst. Hrsg. von Max Brod. Leipzig: Kurt Wolff, 1913. S. 53–65.

Franz Kafka: Das Urteil. Eine Geschichte. [Widmung:] Für F. Leipzig: Kurt Wolff, 1916. (Der jüngste Tag. Bd. 34.) [Textgrundlage.]

Franz Kafka: Das Urteil. Eine Geschichte. [Widmung:] Für F. München: Kurt Wolff, [o. J.]. (Der jüngste Tag. Bd. 34.)

In der Strafkolonie

Entstehung: Der Text entstand, als die Arbeit an dem Roman *Der Proceß*, den Kafka um den 13. August 1914 begonnen hatte, ins Stocken geriet und er sich bei der Arbeiter-Unfall-Versicherungs-Anstalt, bei der er tätig war, Urlaub nahm, »um den Roman vorwärtszutreiben« (7. Oktober 1914; KKAT 678). Dieser Urlaub dauerte vom 4. bis 18. Oktober, und aus einer Tagebucheintragung vom 31. Dezember 1914 geht hervor, daß Kafka in dieser Zeit nicht, wie er geplant hatte, den *Proceß* fortführte, sondern statt dessen ein Kapitel des im September 1912 begonnenen und im Februar 1913 vorläufig beiseite gelegten *Amerika*-Romans *Der Verschollene* und die Erzählung *In der Strafkolonie* fertigstellte: »Geschrieben an Unfertigem: Der Proceß, Erinnerungen an die Kaldabahn, Der Dorfschullehrer, Der Unterstaatsanwalt und kleinere Anfänge. An Fertigem nur: In der Strafkolonie und ein Kapitel des Verschollenen, beides während des 14 tägigen Urlaubs.« (KKAT 714 f.)

Kafka bot den Text 1916 dem Kurt Wolff Verlag an, der bereits *Die Verwandlung* in seiner Reihe »Der jüngste Tag« vorgelegt hatte. Der Verlag hatte den Wunsch nach einem umfangreicheren Werk des Autors geäußert, Kafka, dem kein solcher Text zur Verfügung stand, hatte daraufhin die Veröffentlichung eines »Novellenbandes« vorgeschlagen, der unter dem Titel »Strafen« *Das Urteil, Die Verwandlung* und *In der Strafkolonie* enthalten sollte. Nach dem Gegenvorschlag des Verlags, *Das Urteil* und *In der Strafkolonie* in einem Band zusammenzufassen, verzichtete Kafka zunächst jedoch auf eine Veröffentlichung der *Strafkolonie*, um die Einzelpublikation des *Urteils*, an der ihm besonders viel lag, nicht zu gefährden. Nach Erscheinen des *Urteils* setzte er sich dann aber für einen Einzeldruck der *Strafkolonie* ein. Wolff machte in einem Brief vom 1. September 1917 seinem Autor, von dem er inzwischen das Manuskript des *Landarzt*-Bandes erhalten hatte, den Vorschlag, gleichzeitig mit der Sammlung von Prosastücken auch die *Strafkolonie* zu veröffentlichen: »[...] in dem Gefühl, daß eine Vereinigung der kleinen Prosaschriften, die Sie unter dem Gesamttitel ›Der Landarzt‹ zusammenfassen wollten mit der großen Erzählung ›Die Strafkolonie‹ in einem Buch redaktionell nicht sehr glücklich wäre, möchte ich gern vorschlagen, ›Die Strafkolonie‹ gleichzeitig mit den kleinen Prosastücken, aber in einem gesonderten Bande für sich herauszubringen. Ich verhandle eben mit der Druckerei Poeschel & Trepte, ob sie in der Lage ist, diese beiden Bücher sogleich in Angriff zu nehmen und zwar in der gleichen für mein Gefühl wunderschönen Druckausstattung, in der seinerzeit ›Die Betrachtung‹ erschien. Wären Sie grundsätzlich mit dieser Absicht einverstanden?« (Wo 45)

Kafka erklärte sich grundsätzlich einverstanden, äußerte aber selbst Kritik an der *Strafkolonie*: »Zwei oder drei Seiten kurz vor ihrem Ende sind Machwerk, ihr Vorhandensein deutet auf einen tieferen Mangel, es ist da irgendwo ein Wurm, der selbst das Volle der Geschichte hohl macht. Ihr Angebot, diese Geschichte in gleicher Weise wie den Landarzt erscheinen zu lassen ist natürlich sehr verlockend und kitzelt so, daß es mich fast wehrlos macht – trotzdem bitte ich die Geschichte, wenigstens vorläufig nicht herauszugeben.« (Wo 45 f.)

Wolff gab jedoch den Gedanken an eine Veröffentlichung nicht auf und bot am 11. Oktober 1918 die Aufnahme des Textes in eine neue Reihe des Verlags an: der der »Drugulin-Drucke«. Er ließ das bei ihm liegende Manuskript der Erzählung zur Überarbeitung an Kafka zurückschicken. Dieser reagierte, weil er schwer erkrankt war, erst am 11. November: »Fast mit dem ersten Federstrich nach einem langen Zu-Bett-liegen danke ich Ihnen herzlichst für Ihr freundliches Schreiben.

Hinsichtlich der Veröffentlichung der ›Strafkolonie‹ bin ich mit allem gerne einverstanden, was Sie beabsichtigen. Das Manuscript habe ich bekommen, ein kleines Stück herausgenommen und schicke es heute wieder an den Verlag zurück.« (Wo 50) In der veränderten Form erschien der Text dann im Oktober 1919.

Überlieferung: Handschrift nicht erhalten. – Druck:

Franz Kafka: In der Strafkolonie. Leipzig: Kurt Wolff, 1919.
[Textgrundlage. – Angabe im Impressum: »Dieses Buch wurde als viertes der neuen Folge der Drugulin-Drucke im Mai 1919 für Kurt Wolff in der Offizin W. Drugulin in Leipzig in einer einmaligen Auflage von 1000 Exemplaren gedruckt«]

Abgekürzt zitierte Ausgaben

BKB   Max Brod. Franz Kafka. Eine Freundschaft. Briefwechsel. Hrsg. von Malcom Pasley. Frankfurt a. M.: S. Fischer, 1989.

Br   Franz Kafka: Briefe 1902–1924. [Hrsg. von Max Brod unter Mitarb. von Klaus Wagenbach.] Frankfurt a. M.: S. Fischer, [1958].

F   Franz Kafka: Briefe an Felice und andere Korrespondenz aus der Verlobungszeit. Hrsg. von Erich Heller und Jürgen Born. Mit einer Einl. von Erich Heller. Frankfurt a. M.: S. Fischer, 1967.

KKAN   Franz Kafka: Schriften, Tagebücher, Briefe. Kritische Ausgabe. Hrsg. von Jürgen Born, Gerhard Neumann [u. a.]. Frankfurt a. M.: S. Fischer, 1982 ff.

    – Nachgelassene Schriften und Fragmente I. Hrsg. von Malcolm Pasley. Textband. 1993. – Apparatband. 1993.

KKAT   – Tagebücher. Hrsg. von Hans-Gerd Koch, Michael Müller und Malcolm Pasley. Textband 1990. – Apparatband. 1990.

Wo   Kurt Wolff. Briefwechsel eines Verlegers 1911–1963. Hrsg. von Bernhard Zeller und Ellen Otten. Erg. Ausg. Frankfurt a. M.: Fischer Taschenbuch Verlag, 1980.